L'ANGÉLUS DU SOIR

Bernard Clavel

LE ROYAUME DU NORD

L'ANGÉLUS DU SOIR

ROMAN

Albin Michel

IL A ÉTÉ TIRÉ DE CET OUVRAGE
SOIXANTE EXEMPLAIRES SUR VÉLIN CUVE PUR FIL DE RIVES
DONT CINQUANTE NUMÉROTÉS DE 1 À 50
ET DIX, HORS COMMERCE,
NUMÉROTÉS DE I À X

ISBN 2-226-03251-7 (volume broché)
ISBN 2-226-03252-5 (volume relié)

À Jacques Peuchmaurd,
pour plus de trente ans d'amitié.

B. C.

« Vous pouvez arracher l'homme du pays, mais vous ne pouvez arracher le pays du cœur de l'homme. »

John Dos Passos.

Première partie

LES OISEAUX DU PRINTEMPS

1

BERGÈRE va de son pas tranquille sur le chemin rectiligne qui mène de Saint-Georges-d'Harricana jusqu'à Val Cadieu. Les six grelots qui luisent en haut de son collier tintent régulier. Assis jambes ballantes à l'avant du char à deux roues, Cyrille Labrèche déplace d'un coup de langue un mégot éteint tout huileux ; il le fait aller au coin de sa bouche et lance :

— Allez hue !

La jument ne s'énerve pas. Elle creuse légèrement les reins et tend un peu plus le col. Sa large croupe pommelée se gonfle et ondoie sous le poil lustré. Durant une centaine de pas, la voiture cahote un peu plus fort sur l'alternance d'herbes encore brunies par le gel et de fondrières gluantes où les ornières retiennent de longs traits de glace spongieuse.

C'est la deuxième quinzaine de mai. Des traces de neige s'accrochent au revers des talus comme dans les quartiers les plus sombres de la forêt. Dans les creux et les fossés, aux endroits où les ruisseaux ne courent pas, la glace demeure. Ses bords dentelés découvrent lentement les eaux noires où les feuilles mortes sont intactes. Les talus suintent. Sous les mousses et les herbes pourries dont chaque poil porte sa goutte de sueur, pointent les premiers brins d'un vert presque diaphane. Sortis de l'édredon des lichens, les premiers moucherons tournoient dans la lumière vernissée.

Inclinant la tête pour épargner sa moustache grise et jaune, Cyrille rallume son mégot et souffle la fumée en direction d'un tourbillon qui le suit. Sa voix grince.

— Tu vas la voir arriver, la vermine des maringouins, des frappe-à-bord et toute la sainte engeance ! Pouvez y aller, maudits chiens, le vieux Labrèche, y s'en fout. Il a le cuir plus dur qu'un orignal.

Il rit si fort que Bergère secoue les oreilles. Puis le rire se brise net.

— Ho !

Il a forcé le ton et la jument s'arrête comme si elle se trouvait au bord d'un précipice. Elle secoue la tête et fait tinter les grelots. Agacé, Cyrille crie :

— Te tairas-tu !

Un sifflement vient d'une grosse touffe d'épinettes qui plaque un fond de nuit derrière la claie maigrelette des bouleaux. Il se répète trois fois en s'éloignant. La voix de Cyrille n'est plus du tout la même. Du velours. De la soie qui flotte à un vent très doux.

— Tu l'as entendu ? Hein ? C'est lui. Le tout gris. Y a pas à s'y tromper. Toujours bon premier. Avant le pinson.

La joie lui noue la gorge un instant. Puis, de nouveau tout rugueux :

— Hue ! Hue donc. C'est plus le temps de traîner Quand on l'entend, celui-là, tu sais bien que c'est le printemps.

La jument repart. Elle parcourt deux cents pas à bonne allure, et, tout naturellement, elle reprend son rythme de promenade.

— Hue donc ! Déjà qu'on va perdre encore une journée pour retourner te faire chausser à neuf. Comme si je pouvais prévoir que ce foutu maréchal serait pas à sa forge un lundi. Maudit gueux ! Le monde veut plus rien foutre, de nos jours.

Il s'interrompt. Il fronce les sourcils. Ses doigts maigres aux articulations déformées fourragent un instant dans sa barbe hirsute. Le ton monte.

— Quand y avait le téléphone, on appelait. On disait, je viens tel jour à matin. Y disait d'accord. On venait. On était sûr qu'il était là. À présent, va te faire foutre... mais moi je vous emmerde tous ! Voudriez me voir crever. Ben c'est pas pour demain.

Les éclats de voix deviennent bougonnement. Un ru qui atteint le replat, qui cesse de cravacher les rochers en écumant. Cyrille laisse les guides s'amollir et la jument reprend son allure détendue. Les grelots tintent moins haut, le char danse plus doucement.

Il y a belle lurette que le perpétuel grommellement de son maître a cessé d'émouvoir Bergère. Tant que ça reste à ce niveau, ça ne lui fait pas plus d'effet que le petit vent du sud-ouest qui s'en vient lui soulever quelques poils de la crinière. Lorsque Cyrille attend vraiment d'elle un gros effort ou une manœuvre précise, elle le comprend dès le premier mot. Elle dresse l'oreille et prête toute son attention à ce qu'il dit. D'ailleurs, qu'il parle haut ou à mi-voix, elle sait d'instinct si c'est à elle qu'il s'adresse.

Ce matin, elle laisse couler le flot. Dès qu'ils ont quitté Saint-Georges, elle a compris qu'il a en tête une pensée qui l'éloigne du présent.

En sortant du Magasin Général où il a acheté six sacs de grain, trois caisses de pommes de terre de semence et des provisions pour lui, il s'est arrêté au bureau de poste. On lui a remis son courrier de deux mois : trois enveloppes. Rapidement, il y a jeté un coup d'œil. Sur l'une d'elles, longue et bleu clair, il a reconnu l'écriture inclinée et régulière de sa fille. S'il avait cédé à son premier élan, il l'aurait ouverte tout de suite. Sur le seuil du bureau. De quoi ça a l'air ? Est-ce que ça presse tant que ça ? Il a enfoui les trois enveloppes dans la poche droite de sa veste. Un geste sec. Comme on crache. Elles sont là. Sous le gros velours marron un peu pisseux et râpé jusqu'à la trame à chaque pli.

Non, rien ne presse !

Clémence est la seule de la famille qui lui ait jamais donné signe de vie. C'est par elle qu'il sait que les autres ne sont pas morts.

— Elle écrit pas trop.

— Va pas se ruiner en timbres, certain !

Sa précédente lettre doit bien remonter à deux ans. Si ça se trouve, celle qu'on vient de lui remettre est arrivée à Saint-Georges depuis des semaines. Plus de facteur : plus rien d'urgent.

— La paperasse, c'est jamais pressé. La saison, elle commande pas ce genre de balivernes, elle commande la terre. Le vrai travail.

Ça sue tant que ça peut tout autour. Les odeurs sont à vous saouler. Qu'est-ce qui peut presser plus que de se mettre au travail ?

— Allez ! Hue !

Petit bout de route à peine plus vite. De nouveau les guides s'alanguissent. Le pas aussi.

— J'aurai tout le temps de voir ça à la maison. Et encore, ça attendra le soir. L'ouvrage terminé.

Sans arrêter son attelage, il tend l'oreille vers la forêt.

— Non, c'est pas lui.

Son visage maigre grimace sous la barbe. Le regard vole d'un point à un autre. La main gauche reste fermée sur les lanières de cuir, la droite tressaute sur la cuisse. Animal tenu qui cherche à se libérer. Qui se libère et se met à décrire des arabesques, à dessiner des zigzags dans l'air.

— Ce que je peux m'en foutre, de vos histoires !

Il a des braises dans sa poche. Le velours se mettrait soudain à flamber que ça n'aurait rien de surprenant. À plusieurs reprises, sa main droite s'approche de l'ouverture qui bâille. Elle se brûle aux charbons ardents et s'envole.

— Alors Bergère ! Faut que je me fâche ?

La bête allonge le pas sur trente mètres au moins. Elle sent bien qu'il n'a pas la tête à mener un attelage.

— Je le fais chaque fois, de regarder les lettres pendant que ça roule.

— Ça gagne du temps.

— C'est vrai, ça gagne du temps.

— Je le fais sans savoir d'où ça peut venir.

— T'as bien raison.

— Que ça soit urgent ou pas, je m'en fous pas mal !

— C'est vrai que c'est du temps d'économisé.

— Quand tu roules, qu'est-ce que tu peux faire ? La jument va toute seule.

— Allez ma belle, traîne pas comme ça !

La main droite voltige encore un peu tandis que la gauche s'en va accrocher au montant de la ridelle de front les guides rafistolées avec du fil de laiton. Cyrille se soulève d'une fesse et se penche vers la gauche pour dégager sa poche. Sa main qui tremble un peu plonge et se garde bien de choisir. Au toucher elle pourrait facilement reconnaître l'enveloppe bleu pâle, mais elle s'empresse de prendre la première qui vient.

— C'est tout du pareil au même. Tout de la paperasse.

L'enveloppe qu'il tire n'est pas cachetée. Elle s'ouvre toute seule pour montrer un prospectus de deux pages où l'on voit quatre modèles d'écrémeuse électrique. Cyrille le tourne et le retourne entre ses longs doigts tout en os et en corne, couverts de griffures et de croûtes. Il bégaie un peu, se met à crachoter.

— Saloperie !... Saloperie !

La voix grince dans des aigus rouillés et s'amplifie, mais Bergère sait dès la première syllabe que ce n'est pas pour elle. Ses oreilles un très court instant orientées vers l'arrière reprennent leur place et l'allure demeure paisible. Il y a sur le char un petit orage qui ne la concerne pas et qu'elle pourrait tirer au bout du bout sans être le moins du monde dérangée.

Les mains froissent d'un même geste plein de violence le prospectus et son enveloppe qui disparaissent dans la poche gauche.

— Fumiers ! Font exprès pour se payer ma gueule... Écrémeuses sans vaches ! Écrémeuses électriques pour un qui a jamais voulu de leur putain de courant ! Ils le savent peut-être pas, non ?

— Certain qu'ils le savent.

— Ben leur fourbi électrique, y peuvent se l'enfoncer où je pense, et que ça leur y foute le feu.

— Tu l'as dit : le feu au cul et que ça les fasse courir au diable.

Cyrille éclate d'un rire haut perché. Il se gargarise de sa trouvaille.

— Courir avec le feu au cul.

— Le feu et l'écrémeuse et tout le fourbi.

Il redevient sombre. Ses yeux s'enfoncent loin sous l'ombre des sourcils épais, loin sous l'ombre du large chapeau. Tout ce qui n'est pas embroussaillé de barbe poivre et sel devient rides. Les lèvres se serrent. Le mégot coincé tout à fait à gauche n'est plus qu'un chicot brun qui suinte.

— Tout ça, ça fait tout partie de leur plan pour me détruire.

— C'est sûr. Faut pas qu'on se laisse faire.

— Je voudrais en tenir un cinq minutes.

— En tenir un la gueule au fond d'un fossé. Et que ça gargouille bien.

Son regard plonge entre les deux levées de terre. Par les crevasses de la glace, le fond boueux se devine.

Puis son visage se métamorphose de nouveau. Les yeux s'ouvrent un peu plus. Les rides demeurent mais, curieusement, tout reflète l'inquiétude. Ses épaules dont les os pointent sous la veste trop ample se haussent deux fois. Il répète :

— Saloperie.

Mais il est presque calme.

Il s'incline de nouveau et sa main droite plonge dans la poche. Lentement, elle tire une enveloppe. La bleue allongée. Encore cachetée. Elle passe d'une main à l'autre. Elle tourne et retourne. L'ongle du pouce droit est bossu, déformé et jaune, l'extrémité brûlée par le soufre des allumettes. Il s'énerve un moment à chercher l'interstice par où se glisser pour déchirer.

— Ça risque pas de se décoller tout seul !

La main de Cyrille tremble. Son cœur cogne beaucoup plus qu'il ne voudrait. Sa pomme d'Adam s'est mise à monter et descendre sous la peau distendue de son long cou maigre. Le temps de sortir le papier et de le déplier, il grogne :

— Qu'est-ce qu'elle peut bien avoir à raconter ?

— Tout de même pas une autre naissance. Je sais seulement plus combien ils en ont à eux trois. Je serais pas foutu de dire leur nom, à cette marmaille.

Il commence à lire pour s'interrompre aussitôt.

— Ho là ! Ho !

Bergère s'arrête sans se faire prier. Un instant de silence, puis c'est Cyrille qui fait sonner les grelots et couiner la limonière en sautant de la voiture. Dès qu'elle le sait par terre, Bergère s'approche des buissons et commence à brouter. Cyrille ne se soucie pas d'elle. Yeux écarquillés, le visage ravagé de tiraillements, il crache son mégot détrempé et lit à haute voix :

— « Cher papa. Je t'écris aujourd'hui pour t'annoncer une très bonne nouvelle. Marcel vient de changer d'emploi. Il a trouvé une place de chef d'atelier dans le grand garage Ford. Ça se trouve à trois rues de chez nous. Il faut pas plus de dix minutes pour y aller à pied. Il sera payé presque le double. Je suis bien contente et maman aussi. Il va avoir cinq mécaniciens et trois apprentis sous ses ordres. C'est très important et le patron a l'air très bien aussi. Tout le monde va bien et t'embrasse et toi on espère que tu vas bien de ton côté. Ta fille qui pense souvent à toi. Clémence. »

Il est allé au bout d'un trait, sans respirer. Sans buter sur aucun mot. Mais, à mesure qu'il avançait dans sa lecture, sa voix vibrait de plus en plus. Il a lancé le prénom de sa fille comme on claque des cymbales. Sa tête s'est mise à branler. D'énormes postillons arrosaient le papier bleu. A la fin, il éclate d'un mauvais rire qui lui remue du gravier dans la glotte.

— T'as entendu ça ? Chef d'atelier. Y a de quoi pavoiser, je te jure. Mécanicien de merde ! Qu'est-ce que j'en ai à foutre, moi, de vos conneries ? Si c'était juste pour me dire ça, tu pouvais économiser ton timbre.

Il prend une petite voix fluette et se contorsionne au milieu du chemin en minaudant :

— Pensez donc, mon Marcel il est chef d'atelier. Il a cinquante personnes sous ses ordres. On est tous bien contents.

Il se raidit. Une minute au moins il est un piquet qui se

gonfle comme un bois gorgé d'eau. Puis c'est l'explosion. Ça vient du tréfonds de lui. Ça monte en raclant comme une poignée de ronces.

— Mon cul !

Sans rien froisser cette fois, il enfouit la lettre et l'enveloppe dans sa poche gauche. Il le fait avec une sorte de rage mal contenue. Il oublie complètement la troisième enveloppe et se remet à gesticuler.

— Chef d'atelier, à quoi ça ressemble, dans un pays où y a plus de bras pour la terre ?

— Attends seulement la prochaine crise. Il leur donnera à bouffer des boulons à la sauce cambouis avec de la soupe de pneumatiques, à ses petits.

— On verra bien qui c'est qui rigolera. Vers qui y s'en viendront pour se faire nourrir.

Il fait une dizaine de pas sur le chemin. Bergère le regarde, mais, comme il s'arrête déjà, elle renonce à le suivre et se remet à chercher des pousses neuves au revers du talus.

— Et l'autre, le petit Paul. Serre-freins au chemin de fer, qu'il est, celui-là.

— Pas de quoi illuminer.

— Tu parles, serre-freins, c'est le bas de l'échelle. Moins que rien. Zéro en chiffres.

— Et le petit Jules ?

— Le petit Jules c'est encore pire. Y saura jamais ce qu'il veut, cet enfant-là. Il a tellement roulé sa bosse que je sais même plus où il en est. Cent métiers cent misères. Rien de plus vrai.

— Si c'est pas malheureux, avec de la terre tant qu'on en veut ici.

— Je te dirai que je m'en contrefous !

— T'as raison. Des enfants qui t'ont même jamais fait un mot.

— Moins qu'un chien, je suis pour eux. Juste bon à leur envoyer des sous.

Il gueule plus fort.

— Ben c'est fini. Ça fait deux ans que j'ai plus rien envoyé, et j'enverrai plus rien. Peuvent crever. Ça me regarde plus.

Le ton monte de nouveau et les gestes redeviennent saccadés. Il fouille ses poches de pantalon, en tire sa blague à tabac et son carnet de feuilles. Il hésite. Il rentre le carnet, sort sa pipe. Il l'examine comme s'il la découvrait. Elle est très culottée ; le tuyau de corne est tellement rongé qu'il n'a plus de forme à l'extrémité. Cyrille cesse de la regarder. Ses sourcils se froncent. Il fixe le lointain du chemin comme s'il venait d'apercevoir quelque chose de très intéressant. Sa pipe et son tabac regagnent sa poche. Ses lèvres remuent lentement. Il murmure :

— Faudrait peut-être voir ça.

Il est totalement absent. Et, sans s'en rendre compte, il s'est mis à marcher sur le chemin. Bergère le laisse prendre vingt sabotées d'avance, puis, voyant qu'il continue sans se soucier d'elle, elle se met en route. Elle s'arrête de loin en loin, juste le temps d'arracher au talus qui court à la lisière du bois une bouchée d'herbe rousse et sans saveur, qu'elle mâchonne longuement.

Cyrille pense à ses deux garçons. Comme ils ont disparu de sa vie depuis plus de trente-cinq ans, ils n'ont pas changé d'un demi-poil. Il les voit toujours enfants.

Il s'arrête. Se tournant sur le côté, il se bouche une narine avec son pouce et souffle un grand coup pour se moucher. Bergère s'est arrêtée aussi. Elle repart dès qu'il reprend sa marche.

La seule qui ait grandi et vieilli, c'est Clémence, parce

qu'elle est venue le voir une fois pour lui présenter son mari.

— Tu parles si y a de quoi être fière. Un niaiseux qui préfère les autos aux chevaux et les bouts de tôle à la bonne terre !

— Ça doit faire à peu près sept ou huit ans qu'ils sont venus.

Cyrille ne sait plus au juste. Il se souvient mieux de l'âge de ses bêtes ou de la date à laquelle il a essarté telle parcelle.

Le mécanicien et Clémence n'ont couché qu'une seule nuit. Ils avaient peur que la terre leur colle aux culottes. Que les épines leur retiennent les chevilles. Maudit ferrailleur qui a tourneboulé la tête de sa fille !

— Elle, elle serait sûrement revenue, si elle avait pas épousé ce rien-du-tout. Elle aurait pas eu de mal à trouver un habitant, jolie comme elle est...

Le mécanicien, lui, regardait l'extrémité du rang comme s'il s'était attendu à voir surgir une meute de loups. Fasciné par l'endroit où le chemin se transforme en sentier pour disparaître dans l'ombre épaisse des épinettes, il hochait sa petite tête toute perdue dans sa tignasse couleur de cambouis, frisée, pareille à une chevelure de fille. Il disait, l'air terrorisé :

— Faut sacrément aimer la solitude pour rester dans un coin pareil.

— Aimer la solitude, qu'est-ce que ça veut dire, ça ?

Cyrille le revoit, ce frisé avec des épaules en bouteille de bière. Il l'entend encore :

— Pas de tracteur. Même pas d'électricité alors qu'elle passe devant la porte, drôle d'idée tout de même !

Cyrille l'a enduré deux jours. Il se demande encore comment il a fait.

— Pour un peu, y m'aurait traité de vieille buse.

Il gesticule comme si le ciel se faisait l'écho des propos du mécano.

— Aimer la solitude, pauvre niaiseux. Je t'en foutrais, moi. Attends seulement d'avoir faim la moitié de ce qu'on a eu en 29. Tu seras bien content de la trouver la solitude. Tu seras bien content de venir manger ce qui pousse sur la terre du vieux Labrèche. Même s'il a qu'un cheval pour la cultiver.

Cyrille s'en va de son pas légèrement chambillant. Sa colère le pousse de l'avant, vers ce rang où il a tant peiné et transpiré.

— Tu peux croire qu'un jour y a pas mal de paresseux qui vont venir se faire nourrir ici !

— J'en doute pas. C'est pour ça qu'y faut pas s'arrêter de faire de la terre.

— Pas s'arrêter, c'est bien beau. Mais moi, je vais tout de même sur mes soixante-cinq. Et la vie que j'ai eue, tu peux croire que ça use un homme.

2

DEPUIS bientôt sept années que Bergère partage l'existence de Cyrille Labrèche, elle le connaît mieux que personne. Elle marche à vingt pas derrière lui sans s'inquiéter de son allure, de ses arrêts brusques et de ses gesticulations. Elle ne s'étonne plus de le voir menacer du poing un poteau électrique, taper à grands coups de botte dans une vieille fourmilière.

Malgré le tintement des grelots et le brinquebalement du char, à certains moments, elle perçoit les coups de gueule. Ça arrive comme des aboiements. Mais Bergère avance sans trop s'en soucier. Les gestes brutaux et les coups de gueule ne lui sont jamais destinés.

Bon. Voilà qu'il s'arrête encore. Et cette fois il est pris d'une belle rogne. Un grand moment d'orage. Il en va toujours de même lorsqu'il s'en prend aux gouvernants.

— Racaille et compagnie. Tous de mèche avec les grosses compagnies pour faire crever de faim le pauvre monde qui s'échine à la terre. De nos jours, y en a que pour les mécaniciens et les bureaucrates. Tous les culs-de-plomb qui bouffent dix fois ce qu'ils peuvent gagner.

Les bras se lèvent vers le ciel. Les poings sont crispés.

— Mais je peux aussi prendre mon fusil !

La voix déraille. Bergère se décide à continuer. Arrivée

derrière son maître, elle s'arrête et le bourre du nez au milieu du dos, tout en haut, en lui soufflant dans le cou. La voix redevient humaine. Cyrille se retourne et sa main gratte l'encolure.

— T'es bien pire qu'une femme, toi.

Son regard se détourne de sa jument. Il scrute le sous-bois. Comme s'il s'éveillait d'un cauchemar, comme s'il cherchait une épingle dans cette immensité de fouillis qui commence à deux pas de lui. Il se tourne à nouveau vers Bergère. D'une voix tout à fait calme, il annonce :

— J'ai envie de marcher un peu. Ça me fera du bien.

Depuis plus d'une heure il arpente devant son attelage.

— Quand y a des mois que t'as pas posé tes semelles ailleurs que dans la neige, ça fait rudement plaisir de retrouver la terre ferme.

— Tiens, j' vais me couper une trique.

— Le printemps, c'est ça : le droit de marcher sur la terre.

— Puis même de t'y vautrer si t'en as envie.

Il sort son couteau de sa poche. Il le contemple et la joie illumine son visage.

— Sacré bon couteau, qu'il m'a vendu là, Steph. Ça fait trois ans que je l'ai, y coupe comme un rasoir.

Sur le manche de corne claire, est gravé en noir un énorme poisson qui ouvre une gueule immense pour en avaler un tout petit.

— Seulement moi, je veux pas être dévoré.

— Faut se défendre.

Il ouvre la lame dont le cran d'arrêt se bloque avec un joli clic tout clair. Il tient bien en main le manche légèrement cintré et fait un geste comme pour planter le fer en avant. Il rit.

— Ça te crèverait une bedaine de ministre comme de rien.

— L' ministre, faudrait qu'y vienne jusque par ici.

— Ça risque pas.

— Puis on a déjà assez de vermine avec les maringouins.

Tout fier de sa trouvaille, il s'y attarde. Il la répète en s'adressant cette fois à Bergère qui hoche la tête. Bergère opine toujours du chef à tout ce qu'il énonce. Changeant de ton, il ajoute :

— Puis toi, bouge pas du chemin. Tu serais bien capable de t'enfarger et de me verser le char avec tout ce que je ramène.

La jument le regarde sauter le fossé. Il se retourne. Elle ne manifeste aucune intention de le suivre. Il la contemple tout attendri soudain. Il a presque des larmes dans les yeux. Parce qu'elle est là. Tranquille de l'autre côté d'un fossé.

— Tu sais ce qu'y dit Hauris ?

— Y dit pas mal de choses.

— Oui, mais à propos des chevaux.

— Oui, alors ?

— Y dit : les chevaux, c'est moins bête que les hommes.

Tout en devisant, il s'est engagé dans le bois, son couteau à la main. Il se prend les pieds dans les ronces. Il jure un coup, mais ce n'est pas un rebond de sa colère.

— La preuve, c'est que quand tu vois défiler des soldats, y a que les chevaux qui veulent pas marcher au pas.

Il se dépêtre en levant haut les jambes. Il s'approche d'une trochée de cormier bien drue.

— C'est juste comme ça que je les aime.

Il écarte les rejets tortueux partant de la couronne de la vieille souche moussue, pour choisir vers le centre un surgeon bien droit.

— Toi, t'es un malin. T'as filé vers la lumière. T'as bien fait, mon petit. T'es juste ce que je veux.

Cyrille se penche et fait tourner sa lame qui étincelle au soleil. Il entame l'écorce et l'aubier tout autour de la tige puis il enlève de petits éclats. Chaque fois qu'il s'en prend à un arbre quelle que soit sa taille, il éprouve une sorte de joie secrète. Une jouissance profonde qu'augmente encore la vue de la sève qui mouille le métal.

— C'est déjà tout juteux à cœur. Je m'en doutais. Le junco, c'est un oiseau qui trompe jamais son monde.

Son geste se fait plus rapide, mais sans rien perdre de sa précision. La branche s'incline.

— En voilà un qui fera d'ombre à personne.

— L'arbre, c'est l'ennemi. C'est la teigne !

— T'en verras jamais un à côté d'une ferme. Jamais !

— On a assez lutté contre pour lui arracher notre terre.

Il serre les dents. Sourcils froncés un instant. Se redresse et regagne le chemin. Avant de reprendre sa marche, il taille à coups secs les brindilles et arrondit soigneusement la poignée.

— Allez ma belle, viens-t'en !

Nul besoin d'ordonner, attachée à lui comme le plus fidèle des chiens, Bergère le suivrait au bout du monde. Surtout si on lui promettait qu'elle sera seule à recevoir les caresses et à entendre ses éclats de voix.

En réalité, ils ne sont jamais seuls. Il suffit d'une feuille de papier tirée d'une enveloppe pour que des gens qu'elle ne connaît même pas s'en viennent faire un bout de chemin avec eux. Il suffit d'un mouvement de terrain pour que ceux-là s'envolent par-delà le bois et soient remplacés par d'autres.

Koliare bondit soudain au milieu du chemin pour rejoindre Cyrille dans un bas-fond particulièrement boueux. En pleine gadoue, l'immense Ukrainien patauge à bottes que veux-tu en gueulant :

— Raspoutistra ! Raspoutistra !

Un mot que ce grand fou avait apporté de sa lointaine patrie et qui veut dire « chemin coupé par la boue ».

— Tu parles ! Un seul mot pour dire tout ça et même un peu plus !

Un mot qui monte à la gorge de Cyrille un peu à la façon d'un éclat de rire.

— Raspoutistra ! Raspoutistra !

Il essaie de le rouler sur sa langue comme faisait l'autre. Il s'en gargarise. Il voudrait l'avaler autant qu'il le lance dans l'air éclatant de lumière, comme s'il redoutait de le perdre. Si le mot disparaît, est-ce que ne va pas s'éclipser avec lui le bon géant braillard, le merveilleux compagnon de labeur qui vient de le rejoindre ? Le grand Koliare est bien moins mort que pas mal de vivants qui l'ont abandonné. Qui ont foutu le camp, la crève aux trousses. Le seul inconvénient avec des êtres comme l'Ukrainien, c'est qu'ils ne restent jamais en place. Ça fout le camp sans raison aussi vite que c'est venu. Cyrille patauge dans un autre passage fangeux. Jadis, chaque printemps, les hommes de Val Cadieu venaient ici pour coucher des branchages et des rondins en travers du chemin. Il crie de nouveau :

— Raspoutistra !

Mais le mot ne claque plus à la manière du linge au vent. Il fait long feu ainsi qu'une cartouche humide et traîne dans son sillage un sursaut de colère.

— Je m'en contrefous. Je voudrais qu'y ait plus de chemin du tout. Avec ma jument, je passerai toujours. Si les autres passent pas, je serai sûr d'avoir la paix.

Il se retourne, l'œil sombre, le regard au ras du rebord de son chapeau. Pas pour surveiller Bergère dont il sait fort bien qu'elle le suit. Ce qu'il cherche n'est pas plus derrière que devant. Ni dans le bois qui commence à mordre sur le chemin. Pas plus d'ailleurs sur l'eau de l'Harricana qu'on devine par endroits, quand une courbe s'en vient chanter derrière un mince rideau d'arbustes. L'Harricana qui charrie ses glaces et fait sa belle musique pour marquer la fin de la saison des misères. Ce qu'il cherche sans s'en rendre compte n'existe nulle part ailleurs qu'en lui. Tout. Le bon et le mauvais. Ce qui faisait le grand feu de vie à Val Cadieu. Tout ce qu'il en reste est en lui.

Soudain, il a chaud. Trop pour la saison.

Il repousse en arrière son chapeau dont il a percé le fond à coups de ciseaux pour permettre la ventilation.

— Faudra que je te refasse d'autres trous, à toi.

Il lève la tête et cligne des paupières. Il boit longuement à la source de vent frais qui irrigue le ciel. Bergère se rapproche et il ne lui laisse pas le temps de s'arrêter. Il repart dès qu'il entend venir le grincement des longerons du char et le chant aigre des grelots. Sa démarche est de plus en plus saccadée. Ses jambes maigres sont une mécanique déréglée. Autour, le pantalon flotte en accordéon. Cyrille a taillé en biseau l'extrémité de sa canne qu'il pique un peu vivement dans une touffe d'herbe. Le bâton reste pris dans la terre et échappe à sa main trop pressée. Un pas. Arrêt brusque. Il se retourne pour cueillir le bout de bois qui s'incline lentement.

— Tonnerre ! Vas-tu me suivre, oui !

Il reprend son couteau et coupe cette pointe qui pénètre trop facilement le sol. Ses lèvres minces sont serrées. Il demeure quelques instants la main largement ouverte à contempler son couteau. Il aime bien ce gros poisson à dos rayé.

— Il avait raison, Steph, c'est un bon couteau. Mais

c'est pas donné. D'autant que l'autre était encore bon. Si je l'avais pas perdu...

Sa main se referme lentement sur le manche qu'elle serre très fort.

— Les Robillard, c'est pas des voleurs. Seulement de nos jours, rien n'est pour rien.

Il repart.

— Si, c'est des voleurs.

— Maudite vieille, qu'est-ce que tu viens faire ici, toi ? Ah ! Tu reviens de loin, vieille teigne. Tu dois pourtant être enterrée depuis belle lurette !

La vieille l'accompagne un bout de route. Elle n'a pas quitté ce lit d'infirmerie où il l'a connue quand il allait rendre visite à Élodie et, pourtant, elle le suit en continuant de brailler :

— Si les Robillard font du crédit, c'est pour mieux tenir le pauvre monde. C'est pour lui tondre la laine sur le dos.

— Foutras-tu le camp, vermine !

La vieille s'accroche jusqu'au moment où Cyrille s'arrête net. Le geste en suspens. Il tourne la tête, les rides de son front s'atténuent les premières. Le regard s'éclaire.

— Mésange ! Tiens, tu m'as retracé jusqu'ici.

Il sifflote mais l'oiseau ne se montre pas et son pépiement s'éloigne.

— Je te connais. Je connais tes manières, va.

Cyrille repart d'un bon pas, cœur grand ouvert au soleil. Il marche calmement durant un bon quart d'heure avant de s'arrêter pour tirer de sa poche sa blague et sa pipe qu'il bourre d'un doigt nerveux. Il fouille dans la poche de sa grosse chemise à carreaux noirs et rouges, sort une allumette dont il écrase le bout d'une pichenette de son gros ongle brun et délité. Il tire quelques bouffées. Le bonheur se lit sur son visage. Bergère s'est arrêtée à six pas. Le vent lui pousse dans le nez cette odeur âcre qu'elle n'apprécie guère. Une ombre passe dans le regard de Cyrille.

— L'hiver que j'étais à l'hôpital, fallait se cacher dans les toilettes pour tabaquer. Misère !

Il reprend sa marche.

— Une pipe, c'est pas fait pour se cacher. C'est comme un homme : ça a besoin d'air pour vivre sa vie de pipe.

— Ça vous donne un bon goût de boucane. Ça vous aide à chasser les maringouins en été.

— En hiver, ça vous chauffe le creux de la main.

Il rit.

— Sans compter qu'une pipe, ça peut vivre bigrement plus longtemps qu'un homme.

Cyrille mâchouille de ses incisives noircies le tuyau usé.

Il fait tourner son bâton qui siffle en fouaillant le soleil. Puis il le rabat d'un coup sec sur une ronce qui se casse en s'effilochant.

— M'en vas vous trancher la gueule, mes garces !

Le voilà parti en guerre contre tout ce qui fait mine de déborder sur le chemin. Il tape comme une brute sur chaque pousse. Quand l'une d'elles résiste, il s'acharne. Sa rogne le reprend.

Soudain, il s'arrête. Sur la gauche, il y a un tronc de pin qui se trouve là depuis plusieurs années. L'arbre était tombé en travers du chemin, il est venu le scier mais n'a jamais eu le temps de le débiter complètement pour l'emmener. Du bout de sa trique, il tâte l'écorce moussue. Il en fait tomber une large plaque. Dessous, l'aubier est spongieux. L'eau coule à chaque pression.

— Foutu.

— C'est du papier.

— Ça vaut plus un clou.

Il demeure un moment pensif, puis son regard fouille la lisière de la forêt. Aux endroits dégagés et bien abrités du nord, les revers fument. L'herbe recuite par le gel est habitée de frémissements.

— Sûr que c'est pas rien, ce qui se passe là-dessous !

— Ça doit déjà tout grouiller de vie. C'est grand temps de s'y mettre.

Il se retourne pour attendre son attelage.

— Alors, tu vas te remuer, oui ? Je dis que c'est grand temps de s'y mettre.

Il jette loin son bâton et remonte sur le char.

— Allez, hue !

Ils vont un long moment durant lequel Cyrille, les yeux mi-clos, dodelinant du chef semble somnoler. Se dressant d'un coup, il joue du poignet sur les guides et dit sans crier :

— Ho ! Holà !

L'attelage s'immobilise mais la jument secoue la tête. Elle fait grincer la limonière et danser les grelots.

— Arrête !

Le vent ronronne à peine dans les épinettes. Un trille très musical s'élève, aussitôt suivi de pépiements. Le visage de Cyrille s'illumine. Il enlève son chapeau d'un large geste. La couronne filasse de ses cheveux clairsemés ruisselle de lumière. Une mèche décollée se dresse comme une maigre corne.

— Junco, c'est toi mon tout gris. Je t'ai reconnu. Montre-toi, Junco. T'es le printemps. Viens. Viens mon tout gris.

Il n'en finit plus d'appeler d'une voix qui grimpe vers les aigus avant de dégringoler les cascades d'un rire pareil au chant de l'oiseau toujours invisible.

— Je te l'avais dit qu'il était là. Tu vois, je m'étais pas trompé.

3

AUSSITÔT le char arrêté devant la porte, Cyrille saute à terre et tourne la mécanique dont la longue vis sans fin chante comme un merle. Ensuite, il s'enfile sous la voiture, décroche le piédroit qu'il cale solidement.

— Serait pas le moment que le fourbi bascule.

— Faut que ça tienne bien.

— Te soucie pas, j'ai l'habitude.

A présent, il dételle.

— Ben ma vieille, va falloir que tu te remues un peu les paturons. Ça va plus être le temps de se reposer, tu peux me croire.

— Il a raison, ton maître. Ma belle, à cette saison, c'est l'ouvrage qui commande. Nous autres, on a plus qu'à suivre.

— Et cette année, ce sera pas rien. Parce que figurez-vous que j'ai dans l'idée de faire un bon bout de terre neuve où j'ai abattu cet hiver.

— Tu veux dessoucher ?

— Et pourquoi je le ferais pas ?

Sa main s'arrête sur la boucle de la sous-ventrière. Il se redresse, une étincelle dans l'œil. Sa barbe est toute soulevée de houle par le mouvement des muscles qui se tendent et se détendent.

— Dis un peu pourquoi je ferais pas de la terre neuve ? J'ai peut-être pas le droit ?

— T'as tous les droits que tu veux prendre.

Son œil s'adoucit. Il déboucle et laisse filer le cuir dans sa main râpeuse.

— Bien content de te l'entendre dire. Ferait beau voir qu'on vienne m'en empêcher.

— Personne n'oserait.

— Savoir !

— Les gens te connaissent.

Dès que la bête est hors des brancards, Cyrille lâche le bridon.

— Allez ! A la soupe.

Elle prend lentement le chemin de l'écurie.

— Dessoucher, tu sais que c'est pas une partie de plaisir, ma vieille. Seulement faut le faire maintenant. Le dégel, c'est le moment rêvé.

Il entre derrière Bergère qui va tout de suite souffler du nez contre son râtelier vide.

— Oui oui, madame. Ça vient.

Cyrille monte l'échelle branlante qui conduit au fenil. Il reste sur le plancher poli par le frottement des gerbes, au moins six voitures de fourrage bien sain et autant de paille.

— On a de quoi faire, misère !

— Ça vaut mieux que de manquer.

— Possible, mais quand on était juste, c'est qu'on avait des bêtes.

Cyrille empoigne une fourche et apporte le foin odorant qu'il fait tomber par le premier trappon pratiqué dans le sol au-dessus des râteliers, le seul qui soit ouvert. Les autres sont fermés par des couvercles de caisses.

— Bien sûr, en me voyant avec du foin dix fois comme ma jument peut en manger, tu te dis qu'y faut que je sois dérangé pour faire de la terre.

— Je dis pas ça.
— En dedans de toi.
— Chacun fait à son idée.
— Ben moi, je prévois. Je sens venir les événements.
— Ça, c'est une force.

Cyrille repose sa fourche contre le pilier où elle est toujours. Il hoche la tête. Il se sent une grande envie de tout expliquer calmement.

— La crise de 29, je l'avais vue arriver. Quand je le disais à certains, y rigolaient.
— Ils avaient tort.
— C'était la majorité... Ben je peux te dire que, de nos jours, je sens tout pareil. J'en vois venir une, aussi gros que je te vois.
— Ça, c'est une autre paire de manches !
— Rigole bien. Fais comme les couillons de 29.

Il est descendu en répétant pour la centième fois :

— Y a une marche qui tient plus. Faut que je vienne la reclouer avant de me casser une patte.

Il se met à bouchonner Bergère avec une poignée de paille roulée serré autour de sa main.

— Oui ma belle, toi tu le sais. T'es pas comme tous ces rien-du-tout. Quand la crise sera là, faudra de la terre. On va les voir rappliquer dare-dare. Aussi bien le mécanicien de mes fesses que François Garneau et le serre-freins et tous les autres.
— Chef d'atelier, c'est pas rien, tout de même.

Il éclate d'un grand rire qui oblige Bergère à tourner les oreilles.

— Le chef d'atelier, je vas le foutre à tirer des souches, celui-là. Au cabastran, comme on faisait quand on pouvait même pas se payer une paire de bœufs pour tout un rang.
— Le nord du Nord, y va voir qu'on s'y ennuie pas.

— Tu l'as dit. La solitude, le bout du bout, quand y a plus de boulons à serrer en ville, on s'en vient y pleurer son pain.

Cyrille passe encore ses mains ouvertes sur les flancs de la bête qui tourne la tête pour remercier et le regarder sortir.

Le soleil est au plus haut. La lumière ruisselle sur les prés gorgés d'eau, sur le chemin, dans les labours où elle reste prisonnière des sillons. Cyrille embrasse tout d'un long regard qui connaît, qui fouille les recoins sans avoir besoin de s'y attarder.

— C'est le grand beau.

Il s'approche du char et amène vers le bord du plancher un premier sac de grain. Fléchissant les genoux, il se retourne et tire le haut du sac pour le faire basculer en travers de sa nuque. Ses jambes se tendent. D'un coup de reins, il fait sauter un peu la charge pour la mettre bien en place sur ses épaules. Petit rire.

— Malheur ! J'en ai charrié d'autres.

— Et le charbon, ça doit peser plus lourd.

— Ça me gênait pas. La seule chose que je craignais, c'est la poussière. Ça te brûle l'intérieur. Y a des jours où je la sens encore, après plus de trente-cinq ans.

Il se dirige vers la grange, à peine courbé en avant, d'un pas toujours un peu mécanique mais qui paraît plus assuré, moins chambillant que lorsqu'il ne porte aucune charge. La large porte à deux battants est grande ouverte. Il fait là une ombre claire striée de rais de soleil où dansent des poussières étincelantes. Cyrille va poser son sac sur un long coffre fermé.

— Pour quelques jours, ça craint rien. Je mettrai des planches devant et dessus.

Il apporte les autres sacs puis s'en va prendre ses caisses de pommes de terre de semence.

— Vous autres, vous allez pas dans la grange. Vous venez coucher chez moi.

La maison qu'il a repeinte extérieurement l'été dernier a l'air toute neuve avec ses planches rouge sombre. Les angles comme les encadrements des fenêtres et des portes sont d'un blanc plus éclatant que les restes de neige qui pourrissent à l'endroit où se forme toujours la grosse congère quand le vent déblaie devant les trois marches de l'entrée. Cyrille pose ses caisses et ses cartons dans la première pièce, sur la table dont la toile cirée à carreaux rouges et blancs est percée aux quatre angles et brûlée en maints endroits. Il examine les pommes de terre dont les germes d'un violet tendre sortent déjà.

— C'est pas mal avancé. Faut que je les tienne bien au frais.

Il va vers la porte de la deuxième pièce qui ouvre au fond, à côté du lit double à carcasse de métal noir où court un filet doré. La courtepointe repliée laisse voir des draps douteux. Cyrille ouvre comme s'il redoutait que des chats lui filent entre les jambes. Les pentures grincent sur les gonds rouillés.

— Elles ont toujours grincé.

— Faudrait les graisser.

— Tu parles, j'ouvre peut-être trois fois l'an, ça peut couiner tant que ça veut, c'est pas dérangeant.

Une forte odeur de renfermé stagne dans cette chambre qui prend jour vers l'est par une petite fenêtre carrée voilée de toiles d'araignées.

— Faudra que je donne de l'air. Y a pas mal d'humidité qui se met dans les planches.

Cyrille demeure un moment sur le seuil à examiner les trois couchettes de bois blanc, une simple à gauche et deux superposées à droite. Il a un long hochement de tête qui se répète en s'accélérant.

— Dire que ça fait vingt-cinq ans que j'ai monté ça, et que ça a jamais servi. Pour un rien j'y foutrais des coups de hache.

Il se remet à crachoter. Sa main droite tendue et raide tranche dans le vide comme un couperet.

— Ce serait dommage. Ça peut servir. On sait jamais.

— A la prochaine crise, oui. Celle qui s'en vient.

Il avance jusqu'à la fenêtre, d'un large geste qui fait le tour de l'embrasure, il balaie les toiles d'araignées puis essuie sa main sur son pantalon de gros velours, plus élimé encore que sa veste.

— Quand Clémence est venue avec son abruti de ferrailleux, je logeais encore dans l'ancienne écurie. Celle que j'ai démolie l'an dernier.

— Je te revois très bien là-bas dedans, avec ton cheval et tes vaches.

— Oui. Le Gris, y s'appelait, ce cheval-là !

— Une bête bien bien franche.

— Clémence et son frisé, ils ont dormi dans le lit en fer de la pièce du poêle. En plein début de septembre, ils avaient froid avec du feu. Tu parles !

Il revient vers la porte. S'arrête. On dirait qu'il n'ose plus franchir le seuil. Il regarde encore les couchettes avec une grimace d'écœurement avant de regagner la grande pièce.

— C'est seulement après leur venue que je me suis décidé à coucher là.

— Faut dire que la toiture de ton ancienne écurie tenait plus guère.

— Câline ! ça commençait de pleuvoir sur mon lit ! Ça faisait des années que Charlotte me répétait tous les jours la même chanson.

— Sûr qu'on l'a assez entendue.

— Tu vis comme un maboul dans ton écurie. Fais pas ta tête de cochon. Et patati et patata.

— Ma pauvre Charlotte, tu te croyais maligne. Tu t'étais bien fourré le doigt dans l'œil jusqu'à l'épaule en prédisant qu'ils allaient revenir.

Il cogne un grand coup du plat de la main sur la table. Les bouteilles tintent dans les cartons qu'il vient de rapporter.

— Sont pas revenus. Toi, t'es partie.

— Y reviendront à la crise.

— Peut-être Charlotte avant eux autres. Je la connais, cette grosse-là. En ville, elle va pas tarder à virer folle.

Il empoigne une première caisse de pommes de terre qu'il porte dans la chambre du fond où il la pousse sous la couchette simple. Il se redresse.

— Celle-là, c'était pour Clémence.

Ses yeux se sont mis à briller. Sa voix chevrote.

— Reviendront plus... Reviendront plus.

Il va chercher les autres caisses qu'il place à côté de la première.

— Vous faut de l'ombre, mes toutes belles. Je connais ça.

— Dans les débuts, on les mangeait au lieu de les semer, les patates que le bureau de la colonisation nous donnait.

Il s'en va chercher trois sacs à grain vides qu'il secoue en les dépliant. La pièce s'emplit de poussière. Il tousse.

— Saloperie !

Il s'agenouille pour coincer un bord des sacs entre le bois et la paillasse et laisse pendre ensuite jusqu'au plancher.

— Comme ça, vous serez pas à la lumière.

Il vient à peine de dérouler le dernier sac qu'il s'arrête, oreille tendue.

— Tsiu-tsiu.

— Bonsoir, c'est déjà l'heure de manger !

Il regagne la grande pièce. La mésange se tient sur la marche la plus haute et appelle vers l'intérieur. Dès qu'elle le voit arriver, elle sautille jusqu'au seuil où elle fait demi-tour pour lancer son cri vers l'extérieur.

— C'est ça, sonne le rappel !

Il hésite un moment devant la cuisinière éteinte, puis, se tournant vers ses cartons de provisions, il lance :

— Tant pis pour la soupe, j'ai plus le temps de faire du feu.

L'oiseau à tête noire sautille vers l'intérieur tandis que Cyrille sort une grosse boîte de fromage et un paquet de pain. La mésange vole sur le bord de la table et crie :

— Tsi tsiu, khé khé khé !

Une autre mésange arrive puis trois en même temps dont deux qui vont se percher directement sur le bord d'un carton.

— Doucement les basses ! Si je vous laisse faire, vous allez me dévorer la laine sur le dos.

Il parle de sa voix la plus douce. Plus douce encore que lorsqu'il s'adresse à Bergère. Il déchire le papier transparent et sort une tranche de pain qu'il émiette au bout de la table. Les oiseaux se précipitent, battant des ailes et du bec, éparpillant la mie blanche qui tombe et qu'ils vont manger par terre. Cyrille ouvre la boîte de fromage et sort son couteau pour lever une longue écorce de couenne qu'il se met à couper en tout petits dés. Ses gestes n'ont plus aucune fébrilité. Ils sont comme s'il se mouvait dans du miel. Les mésanges se disputent la nourriture. Les becs font toc toc sur la table et le plancher. Deux tonalités différentes qui se répondent.

Cyrille s'assied de biais. Appuyé d'un coude, il tient son couteau de la main droite et, de la gauche, une tranche de pain sur laquelle il a posé un morceau de fromage tout doré. Il n'a pas encore porté la première bouchée à ses lèvres qu'une grosse femelle ventrue et ébouriffée lui saute sur l'épaule.

— Toi, la vieille, avec ta bedaine et un culot pareil, tu me fais penser à Charlotte.

Il lui donne du fromage. Aussitôt, un autre oiseau veut se percher sur son pain. D'un geste mesuré, il le repousse.

— Faut tout de même pas abuser, hein ! Je vais pas retourner tous les deux jours aux provisions. Déjà que vous me bouffez la moitié de ce que je donne à mes poules...

Dès sa dernière bouchée avalée, il se lève.

— Vous me faites perdre mon temps, petites maudites. C'est pas vous qui allez faire ma besogne.

Sans brusquerie, il commence de ranger dans le meuble taillé à coups de hache les provisions qu'il a rapportées. Une fois ses cartons vidés, il va les porter à la grange. Au moment où il sort, toute la bande de mésanges s'envole.

— Toujours pareil, vous avez peur que je vous enferme. Plus rien à manger, je te connais plus.

Bergère est sortie de son écurie.

— Toi aussi, t'as tout dévoré !

La jument vient à lui. Elle sait où il met le croûton qu'il lui destine et son gros nez poilu s'en vient pousser contre la hanche de son maître. Il rit.

— Tu vas pas entrer dans ma poche, non ! Entre toi et ces voraces d'oiseaux, qu'est-ce qu'y va me rester ?

4

Le soleil vient de plonger derrière le bois lorsque Cyrille rentre pour allumer son feu. Le ciel est rouge avec de longues traînées mauves. Le brasier de l'Harricana pétille moins fort. Seuls quelques charbons éphémères viennent encore s'éparpiller à la crête des vagues que fait courir en longs frissons le vent du soir. On sent bien le profond soupir de la terre après cette première journée de vraie chaleur. Les prés, les friches, les sous-bois et les labours remuent, pareils à un marais tout habité de sources tièdes. Il y a partout quelque chose qui sourd ou s'infiltre, cherche son chemin d'écoulement vers un ruisseau.

Le fleuve charrie de la boue à pleins bords. Il se fait un mélange de la terre et des eaux de neige qui réveille les profondeurs endormies. Tout le Royaume du Nord commence ses métamorphoses.

Même le reste de lumière pourpre qui entre dans la pièce par les vitres sales palpite et semble respirer. Porte grande ouverte sur son foyer dont la grille a perdu trois barreaux, la grande cuisinière aux barres ternies ronfle. Les étincelles claquent et vont s'éteindre sur le plancher depuis longtemps constellé de brûlures. Cyrille vient de mettre chauffer une casserole d'eau. À côté, il pose la marmite de fonte où est sa soupe. Il va au petit meuble et sort un paquet de nouilles dont il déchire le haut. Ce geste qu'il fait pour enfiler sous le papier son doigt couturé aux articulations déformées l'amène à froncer les sourcils. Il pose ses nouilles sur la table et porte sa main à la poche de sa veste. Il en tire les deux lettres déjà ouvertes puis cherche dans l'autre poche celle qu'il avait oubliée. Il l'ouvre et s'approche de la fenêtre pour lire. Le feuillet dactylographié porte l'en-tête d'un avocat de Saint-Georges.

— Qu'est-ce qu'il me veut, celui-là ?

Il se penche vers la lumière qui décline très vite.

« Cher monsieur, vous êtes invité à participer à une réunion le 3 mai au soir en la salle paroissiale, pour étudier avec nous un projet de route qui partira de notre cité pour rejoindre directement la pointe sud de la baie James. Nous avons besoin de toutes les bonnes volontés pour ouvrir à notre région cette voie directe sur le Nord et la mer. »

Il s'interrompt et part d'un grand rire.

— 3 mai, mon pauvre vieux, c'est déjà loin, on est le 24 !

Puis, d'un coup, son rire tourne à l'aigre. Brandissant la lettre comme s'il s'adressait à la contrée tout entière, il crie :

— Les bonnes volontes : Faire une route. Non mais des fois, pour qui ils me prennent. J'en ai fait une, de route. Si je veux pas qu'elle soit dévorée par la forêt, faut que je l'entretienne, ma route. Les bonnes volontés, j'en connais pas pour venir m'aider, moi !

Il froisse la lettre et l'enveloppe et les jette dans le feu. Puis se souvenant soudain du prospectus, il en fait une boule qu'il pousse à son tour dans le foyer.

— Écrémeuse sans vaches, route du Nord pour des

Domtar et compagnie. Allez ! Foutez-moi la paix, nom de Dieu ! Je demande rien à personne, moi ! Le diable pas pire !

Le poêle a ronflé plus fort le temps de dévorer le papier. Comme celle de Cyrille, son humeur s'apaise. Quelques instants passent, tout baignés d'une quiétude qui coule dans la pièce avec ces lueurs de moins en moins vives, de moins en moins rousses et dont on ne sait déjà plus si elles appartiennent au jour ou à la nuit. Cyrille est retourné lentement à la table. L'enveloppe de sa fille et la lettre pliée en trois font deux taches un peu trop claires. Comme si ce qui habite cette pièce où tout est fané depuis longtemps repoussait la luminosité agressive. Calmement, il déplie le papier. Il s'approche de la fenêtre mais la pénombre absorbe les mots. Il revient poser la lettre près de l'enveloppe et se hausse sur la pointe des pieds pour prendre dans la suspension de laiton la grosse lampe bleue qu'il pose sur la toile cirée. Avec beaucoup d'application, il enlève le verre qu'il essuie minutieusement. Il utilise du papier de soie qu'il a trouvé dans des emballages vides au Magasin Général et rapporté à cette intention.

— J'ai rudement bien fait. Dire que c'était pour être foutu en l'air ! C'est ce qui convient le mieux. Ça m'économise mes torchons.

Il va chercher sous l'évier de fer le bidon à goulette verseuse, dévisse le bec à mèche et emplit le ventre rebondi de la lampe. Avant d'allumer, il s'accorde le temps de rouler une cigarette. Pour ça comme pour bourrer sa pipe, il n'a pas besoin de voir clair. Ses doigts crevassés et calleux sont d'une grande adresse. Pas un brin de tabac perdu. La cigarette mince est sans boursouflures. Il craque une allumette, tire une bouffée puis approche la flamme de la mèche. Il tourne un peu la molette, la lumière se hausse, hésite, baisse légèrement avant de se stabiliser derrière le verre qu'il remet entre les griffes de métal.

— Y diront ce qu'ils voudront : ça fatigue moins la vue que leur saloperie d'ampoules. Et je parle pas du néon. Ça, ça fera des générations d'aveugles dans peu de temps.

La lampe remise en place, il s'assied devant son feu et tire lentement de sa cigarette de longues goulées qu'il garde le plus longtemps possible au fond de lui avant de les laisser filer en un trait mince qu'il oriente vers la gueule rougeoyante du foyer. Le tirage absorbe tout très vite.

— Imagine-toi donc que l'hiver où je suis allé à l'hôpital, y m'ont interdit de fumer.

— C'est tout de la foutaise.

— Crever plus tôt ou plus tard, avec la vie qu'on mène. Moi, je sais bien que c'est pas le tabac qui m'a rongé l'intérieur, c'est la poussière. La crasse du charbon.

— T'es comme les mineurs, mon pauvre Labrèche.

— J'en ai craché des années.

— Je vais te dire : si j'essaie de fumer moins, c'est surtout que ça m'enrage de donner des sous à des tas de gens qui en ont plus que moi.

— C'est ce que je fais aussi.

Sa cigarette est à peine à mi-course qu'il l'éteint déjà. Il écrase entre son pouce et son index l'extrémité qu'il mouille et tortille avec soin pour éviter que nul brin ne puisse s'en échapper. Il enlève son chapeau et coince son mégot sur son oreille gauche. Il va accrocher son chapeau et sa veste derrière la porte. Avec ce ronflement régulier du feu et le chantonnement de l'eau qui commence à frémir dans la casserole, il y a là une sorte de paix musicale qui semble gagner Cyrille. Ses déplacements, ses gestes sont plus mesurés. Il s'approche du fourneau, soulève le couvercle et regarde l'eau qui n'est pas encore à ébullition. Il referme et se retourne. Son regard tombe sur la lettre bleu pâle. Aussitôt, son visage se contracte.

— Je te jure que du papier de même, ça doit pas être donné.

— Chef d'atelier, c'est bien payé.

— C'est bien payé tant que les gens peuvent faire rouler les autos. Après, c'est plus payé du tout.

— Ça vivra sur le secours direct.

— Ou sur la terre du vieux.

Ses mains se sont mises à s'agiter. Il a un haussement rapide des épaules et se dirige très vite vers le lit. Il s'agenouille et allonge le bras sous le sommier.

— Je l'ai pourtant foutue là, crédié!

Sa main tâtonne. Il est obligé de se coucher sur le côté pour aller plus loin. Enfin ses ongles griffent du métal. Il tire un bruit de tambour fêlé.

— J'ai dû la pousser en passant le balai. Faut dire que ça fait une paye que je l'ai pas sortie de là. Le balai, je m'en sers pas souvent.

La fébrilité de ses gestes dément le ton enjoué de sa voix. Il apporte sur la table une grosse boîte carrée, toute cabossée et rouillée aux jointures. Le métal porte encore quelques lambeaux de papier. On y voit un angle de biscuit aux bords cannelés et la moitié inférieure d'un visage d'enfant qui sourit en montrant ses dents. La boîte est à côté de la lettre. Les mains de Cyrille s'en sont écartées. Elles frémissent en l'air comme les ailes d'un oiseau qui essaie de voler sur place. Puis, attirées soudain par le métal luisant, elles viennent s'y poser. Cyrille ouvre la boîte et sort une pochette jaune et rouge, déchirée aux pliures. Elle porte en gros caractères : « Kodak. Les Stars.

Starflash. » Le regard de Cyrille demeure un instant comme rivé à ces mots. Ses lèvres remuent en silence. Il laisse tomber la pochette colorée à côté de la boîte dont il sort un paquet de lettres et d'enveloppes tenues par une ficelle à lier les gerbes. Sa tête branle tandis qu'il dénoue la ficelle, ajoute l'enveloppe où il a glissé la lettre et refait le paquet. C'est la seule enveloppe bleue, elle est plus longue que les autres et le passage de la ficelle la replie d'un bout.

— Papier chef d'atelier. Papier grosse paye. On verra bien !

Sa crécelle craque un bon coup et ses lèvres se serrent. Le paquet remis en place, il soupire. Il grogne. Mais tout reste dans sa poitrine. À présent, son regard se porte sur la pochette colorée. L'eau qui bout soulève le couvercle et coule sur la fonte où les gouttes tressautent, explosent, s'affolent avant de disparaître en buée. Cyrille ne le remarque même pas. Sa main gauche vient pétrir son menton comme s'il voulait s'arracher la barbe. Il grogne encore puis se décide à ouvrir la pochette. Le couvercle danse la chamade sur la casserole.

Cyrille tire de la pochette double des photographies qu'il étale. Il contemple le vide, l'inaccessible. Un univers très lointain. Un peuple qui se meut à des milles et des milles de distance, de l'autre côté du plateau de cette table, de ce plancher, de ces murs, de cette forêt, de ces petits rectangles de bristol gris où sont des corps, des visages, des costumes et des décors sans vie.

Le feu a baissé et l'eau de la casserole bout moins fort. Le couvercle de fer qui a fini par se déplacer sur le côté laisse filer la vapeur. Cyrille demeure un moment immobile, avant de s'asseoir lentement. Il déplace des photographies Une femme et trois enfants. Deux garçons. Deux garçons et une fille plus grande qu'eux. Cyrille avec deux énormes chevaux. Des gens assemblés devant l'église de Val Cadieu avec le curé au milieu du groupe. D'autres gens et d'autres chevaux. Une grosse femme qui donne du grain à des poules. Une femme âgée assise sur un banc de jardin. Des mariés.

— Regarde-le, le mécanicien, avec ses épaules en bouteille et sa tignasse de fille !

Il parle sans colère. Sa main droite est à plat sur la table. Lentement, elle se soulève et se trouve posée sur la tranche. Elle se met à trembler imperceptiblement. Puis plus fort. Bête malade secouée d'une mauvaise fièvre. Bête squelettique mais habitée d'une vigueur terrible. Le tremblement s'accentue. Il devient tel que l'animal se met à danser sur la table. Sous la toile cirée, le bois martelé sonne sourd.

— Non ! Non ! Non !

La voix est rauque. Un souffle rouillé. Soudain, la main part pour rafler d'un geste les photographies. Elle ne ramasse pas tout. Alors les ongles s'énervent.

— Bon yeu !

Il parvient à tout rassembler mais renonce à les glisser dans la pochette. Il jette le tout dans la boîte par-dessus les lettres et se hâte de remettre le couvercle. Le couvercle qui tremble lui aussi. Qui joue des cymbales contre la boîte. Le couvercle sur lequel il faut cogner à grands coups de poing pour qu'il reprenne sa place.

C'est fait. Cyrille ferme un instant les paupières et les serre très fort. Sa bouche aussi est crispée et ses dents grincent.

Après un moment, le souffle court, il se lève et va glisser sous son lit la boîte dont le couvercle est un peu plus cabossé que tout à l'heure.

5

UNE nuit comme les autres. Un peu plus tard que d'habitude Cyrille est sorti avec sa lanterne pour voir si ses poules sont bien rentrées, donner du foin à Bergère, fermer la porte de l'écurie et le double portail de la grange. Pas de lune. Seulement le lait glauque des étoiles. Le lumignon de Cyrille est allé en sautillant d'un point à un autre, puis il a disparu. Le rectangle d'or de la fenêtre s'est éteint. Le silence a commencé de parler. Avec les gargouillis de la terre, les froissements de mystère montant de la profondeur du sous-bois, quelques craquements et des soupirs.

Dans son sommeil, une poule se souvient d'une dispute, c'est à peine si, de l'extérieur, son caquètement se perçoit. La jument tire sur le foin bien sec. Elle secoue sa chaîne. Un anneau de sa bride heurte le râtelier. Rien de cela n'est du bruit.

Les oiseaux vont s'éveiller avant l'aube. Ils sont tous là, ceux que la forêt garde durant l'hiver. Mésanges à tête noire, geais gris, grimpereaux bruns, pics au bec d'acier, corbeaux énormes, ventrus, engraissés de charognes. Ils sont des milliers qui ne redoutent pas les grands froids.

Cette nuit est la première qui sorte vraiment de l'hiver. Durant des mois, le bois a fait le mort sous de terribles tempêtes. Le pays a reposé d'un sommeil de pierre. Pourtant, des milliers d'oiseaux sont restés. Quelques-uns se sont nourris de ce que leur donnaient les hommes, les autres ont su vivre de cette forêt morte. Car ils demeuraient là bien avant que n'ose s'y risquer le premier être humain. Ils savent traquer la vie où elle s'est réfugiée. Aussi profond qu'une larve soit enfouie, ils finissent par la découvrir. Ils se gavent de léthargie. Ils prennent à plein bec l'insecte en formation. Agrippés aux brindilles, aux écorces, aux rameaux, les plumes soulevées sans cesse par le nordet, fouaillés par le grésil, ils ont passé des mois à cogner du bec, à s'escrimer des griffes pour atteindre ce qu'ils devinent au fond des trous obscurs où le gel ne pénètre pas. Celui qui sait se garantir de l'hiver ne peut se préserver des oiseaux.

Certains passereaux minuscules s'attachent à l'énorme orignal. Ils le suivent pour profiter de la puissance de ses bois et de ses sabots, pour se repaître sur son ravage qui fouit jusqu'aux couches de mousse les plus profondes. Là se trouve le bonheur : dans le foisonnement tiré de l'obscurité où se déroulent les métamorphoses.

Pour attendre le retour des tiédeurs, tout était bon. Le crottin des grands cervidés, les cadavres à la viande aussi dure que le granit. Certains ont vécu des semaines à l'intérieur d'un ventre, d'une poitrine ou d'un crâne. Ils s'y sont blottis pour se goinfrer jusqu'à ce que plus fort et plus vorace vienne les déloger. Le geai cendré a chassé la mésange, le grand pic est venu à bout du grimpereau brun qu'a effrayé le corbeau freux.

Mais cette nuit qui passe, pareille à tant d'autres en tirant du sol son silence habité, va finir par décourager l'hiver. Alors que le jour commence à peine à se deviner, il semble que le silence ne soit plus tout à fait le même. Tout frémit et s'inquiète. Tout s'excite. Le renard pointe son museau vers le sud-est. Il flaire à petits coups. Les autres carnassiers font comme lui.

Plus rapidement que les lueurs de l'aube, monte une harmonie. À peine audible. C'est la lumière qui frissonne et murmure.

Pas de quoi réveiller un chat. Et pourtant, dans les étables et les demeures solitaires, un trouble se glisse. Aussi impalpable qu'une ombre mais le contraire d'une ombre, quelque chose pénètre à travers toits et murs de planches. Ça ne se perçoit guère dans les cités. C'est une émotion réservée aux solitaires. À Val Cadieu, Bergère est la première à s'émouvoir. Son oreille pivote, cherche, tâtonne. Son flanc frémit comme sous des mouches invisibles. Dans son lit, Cyrille se retourne. Il se soulève sur un coude.

— On n'y voit rien.

Se recouche. Écoute.

— C'est tout de même pas la pluie.

Sur la forêt, la rumeur progresse lentement, puis plus vite.

C'est un chant, mais un chant multiple. Mille et mille et encore mille et mille voix toutes pareilles et toutes différentes. Chacune a son registre, ses modulations, sa partition originale. Malgré tout, rien qui soit discordant. C'est qu'il y en a tant et tant que tout finit par se fondre en un seul chant.

Ça paraît piétiner un peu. C'est soudain plus proche. Partout à la fois. Sur chaque arbre, chaque buisson et sur le sol aussi. Tout le branchage nu se charge de bruits pareils à des sonnailles. Une frondaison de plumes et de musique avance de rameau en rameau.

Les petits passereaux migrent par la forêt. Laissant les hauteurs infinies aux grands voiliers, ils ne s'éloignent jamais de la terre dont ils se nourrissent à longueur de voyage. C'est elle qui leur indique l'avance de la saison, la profondeur du gel, le niveau où les larves se dissimulent ; si la glace est encore sous l'écorce des troncs, sous la mousse des souches et le velours des vastes tourbières. Les passereaux migrateurs progressent en auscultant le monde. Ils ne cessent de crier pour se communiquer des informations précises, des ordres, des recommandations. Pour se faire part de leurs découvertes.

Lorsqu'ils s'arrêtent un instant de voleter ou de picorer, c'est pour chanter l'approche des contrées de l'amour, des lieux élus où ils tresseront leur nid.

Lorsqu'ils abordent au large découvert de Val Cadieu, un mouvement part de la tête et se dessine. La nuée musicale oblique sur la droite pour ne pas quitter la forêt. Les espaces nus l'effraient, ils dérangent le rythme et l'ordre de sa marche.

C'est le moment où Cyrille Labrèche comprend qu'il n'a pas rêvé, qu'il ne pleut pas et que le vent est à peine perceptible. Il bondit, s'habille en toute hâte et sort. La lumière encore ténue brosse le ciel. Une sorte de frisson d'ombre court sur la fourrure de la forêt. Il va vers le nord-ouest. Déjà il s'éloigne. Son voile s'élève à peine au moment où cette myriade d'oiseaux s'envolent pour traverser le fleuve encore submergé d'ombre.

— Je le savais... je le savais...

Dans l'écurie, Bergère pousse un long hennissement. Déjà dehors, le coq lance son grincement éraillé du haut du fumier.

Le nuage de musique s'est éloigné. Il s'en est détaché un couple de roitelets, deux pics dorés et des moucherolles des aulnes qui ont choisi ce coin de rivage pour s'installer et s'aimer. Un jaseur des cèdres est même venu se percher sur le toit de la grange. Un peu de joie vient de tomber du ciel sur Val Cadieu.

6

Les terres sont encore trop froides en profondeur et trop mouillées pour qu'il soit question de s'y risquer aujourd'hui. Mais le monde respire large depuis le passage des oiseaux. Ça se sent à la pureté du ciel, à la fraîcheur du vent, au froissement des rives du fleuve dans les courbes où le courant drosse les dernières glaces en débâcle.

Cyrille a soigné sa jument, il est rentré manger sa soupe en toute hâte. Comme si une besogne urgente lui mordait les talons. Puis il est sorti sans savoir ce qu'il allait faire. Fiévreux de rien. Parce que le printemps est là, il a laissé la porte de l'écurie ouverte et Bergère détachée. Il est parti en laissant également grande ouverte la barrière qui donne sur le chemin. Il a marché pour marcher, mais pas dans n'importe quelle direction. Il est venu vers le nord-ouest. Il a traversé en diagonale l'ancien lot d'Alfred Pinguet.

— Celui-là, va savoir ce qu'il est devenu.

— Pour ce qu'il était.

— De la graine de mauvais curé.

À présent, il est sur la rive. La musique le prend tout entier. Il s'y laisse aller. L'eau est encore sombre. C'est la boue qui lui donne sa couleur. Comme le niveau est très haut, des buissons se démènent. Des saules nains sortent çà et là pour replonger et ressortir encore.

Un bruit derrière. Cyrille n'a pas besoin de se retourner pour savoir.

— Il a fallu que tu me suives, toi.

Bergère tire sur des jeunes pousses qui ne portent encore que leurs bourgeons.

— Tu vas pas faire la chèvre, non. Tu vas pas bouffer du bois.

Il contemple le ciel par-delà l'autre rive. C'est dans cette direction que les oiseaux sont partis. Brusquement, comme si le calme qui l'habitait venait d'être balayé par une tornade, il se contracte. Les mille rides de son visage se creusent, sa barbe tremble, ses doigts tremblent. Il soulève d'une main son chapeau et, de l'autre, il se frotte la tête comme s'il voulait en faire tomber des milliers de poux.

— Qu'est-ce que j'ai à foutre par ici ? J'ai de l'ouvrage à pas savoir par quel bout le prendre.

Il ne voit plus rien de la forêt où dansent des ombres bleues et des fumerolles de lumière blonde. Son regard vole de la grange la plus proche à sa propre maison, à celle des Garneau, de Koliare, à celle de Billon qu'on voit très mal d'ici. Au clocher tout au fond, là-bas vers le sud.

— Qu'est-ce que je fous sur ce lot ?

Il court vingt foulées puis s'arrête. Gesticule.

— Ce qu'il faut faire, c'est nettoyer.

Il se retourne et lance :

— Alors, tu t'amènes, oui !

La jument quitte à regret la lisière du bois très riche en sève nouvelle.

— Crains rien, c'est pas aujourd'hui qu'on ira tirer des souches. T'enfoncerais jusqu'aux épaules. Mais faut pas non plus attendre que ça sèche. Faut ce qu'y faut.

Sans brusquerie, il prend Bergère par la bride et la ramène au chemin.

— Pas envie que tu te perces les tripes avec des bouts de bois.

Il la libère et revient à longues enjambées jusqu'à sa maison. La jument le suit sans se presser, en flairant l'air plein de richesse.

Lorsqu'elle arrive à hauteur de la barrière, Cyrille a déjà commencé son nettoyage aux abords immédiats de sa demeure et de sa grange. Il soulève des plateaux de sapin qu'il avait laissés dehors au moment où il a démonté l'ancienne écurie adossée à la maison. Il découvre des pissenlits tout blancs, larges comme des assiettes et tendres comme la rosée.

— Tu te régales, gourmande. Tu te soucies pas de savoir si j'en aurais envie aussi. T'as raison. Chacun pour soi. Moi je me suis saigné toute ma vie pour les autres, résultat, je me retrouve tout seul et je pourrais bien crever la gueule ouverte, y a pas un être au monde qui lèverait le petit doigt pour me venir en aide.

Les poules aussi sont attentives aux travaux de Cyrille. Elles se tiennent à bonne portée, prêtes à cueillir d'un coup de bec précis les vers, les larves que les morceaux de bois, les vieilles caisses, les tas de paille pourrie qu'il déplace mettent au jour.

— Pour du nettoyage, avec vous autres, c'est du nettoyage.

Il balance entre l'enjouement et l'animosité. S'il regarde Bergère, ou les terres d'alentour toutes constellées de soleil, il a envie de rire. S'il empoigne quelque chose qui ne devrait pas être là, il se fâche.

— Maudits, voulez tous me faire crever. Qu'est-ce que je peux faire tout seul? J'ai pas quatre bras. Faut toujours être au four et au moulin en même temps. Puis quoi encore ? Tu voudrais pas que je dise la messe !

Il se redresse. Il vient de découvrir un râteau au manche cassé qu'il a cherché vingt fois. Il nettoie les dents et jette la boue qui va tchiaquer par terre.

— Dire la messe, pourquoi pas ?

Il se retourne d'un bloc.

— Tu te payes ma tête, dis !

— Faut bien que ça serve, une église. Quand je pense au mal qu'on s'est donné pour la monter.

— Hauris l'a dit : Y a plus personne pour sonner l'angélus. Je crois bien que le monde a plus de cœur.

— Si le monde a plus de cœur, y va mourir.

Cyrille porte son râteau dans la grange. Il a en lui cette idée de clocher muet qu'il tourne et retourne un bon moment. La jument a gagné le chemin. Elle broute et, de temps en temps, elle lève la tête pour regarder dans sa direction. Il se remet à nettoyer. Il est bientôt gagné par une véritable frénésie de rangement et de propreté qui le pousse à accélérer le mouvement. Plus vite. Toujours plus vite. Plus brutalement aussi jusqu'à déboucher sur un véritable besoin sauvage de destruction.

— Je te demande un peu à quoi ça pourrait servir ?

— T'as raison. Faut être maboul pour avoir gardé ça.

— On est pauvre. Mais en trente ans, on en récolte des saloperies !

— T'es un ramasseux, toi.

— Pas tellement. C'est plutôt que tout le monde vient toujours se débarrasser chez moi.

Bergère qui s'était approchée reprend du champ. Cyrille commence à en vouloir au matériel et ça voltige dans tous les sens. Comme si ce temps un peu acide, cette lumière plus crue lui aiguisaient les nerfs, il est monté contre tout ce qui traîne dans les parages. Il déplace, transporte, se démène, jure, interroge, fend à coups de hache, va jeter sur le fumier mille et mille choses entassées ou éparpillées au fil des ans. On dirait qu'il en veut à tout ce qui a plus de trois jours d'existence.

— Qui c'est qui m'a foutu ça ici ? C'est tout de même pas la décharge publique, chez moi !

Au milieu du jour, ce sont les mésanges qui viennent appeler Cyrille.

— Titidi... Titidi...

Sa fièvre tombe net, comme coupée au couteau.

— Vous risquez pas de rater le coche, vous autres.

Il rentre et mange sans allumer de feu, sur le pouce, du pain et une espèce de pâté en boîte qu'il n'aime pas beaucoup.

— J'aurais pas dû acheter ça.

— Personne t'obligeait.

— Certain ! Seulement de nos jours, dans le magasin, faut que tu te serves tout seul. T'as personne à qui demander.

— C'est le règne de la paresse.

Il essaie de lire la liste des ingrédients composant le produit, mais il doit renoncer. Les caractères sont trop petits.

— Tous voleurs et compagnie.

— T'aurais besoin de lunettes.

— Au prix où c'est, ça risque pas.

Dès la dernière bouchée absorbée, il allume un mégot et retourne à sa tâche. Il n'en finit plus de déblayer. Il s'attaque même à une grosse houppe d'alisier qui a repoussé derrière une pile de bois qu'il vient de rentrer.

— Et sabrez-moi tout ça, monsieur le cosaque d'Ukraine !

— Laisse faire, ce sera pas long.

La grande cognée luit au soleil. C'est Koliare qui frappe

et son rire monte, monte, monte très haut, accompagnant celui de Cyrille. Ils sont soudain toute une équipe à cogner de la hache sur quatre malheureux rejets gros comme le poignet. Ils vont du geste et de la gueule pour se taire d'un coup, comme ça, sans aucune raison.

Cyrille abandonne sa hache sur place. Il reste des ronces à nettoyer et quelques tiges de saule. Il est soudain soucieux. Il contourne sa maison dont l'ombre s'étire à présent jusqu'au pied de la grange. Le soleil est déjà perché là-bas, sur le scintillement cuivré de l'Harricana tout hachuré par le reflet des arbres nus. Bergère qui attendait depuis un moment devant la porte de son écurie le suit à dix pas de distance. Mais Cyrille n'entre pas à la cuisine, il ne va pas non plus vers la grange, il pique droit sur la barrière restée ouverte et se plante au bord du chemin, les poings sur les hanches. Il demeure ainsi au moins deux minutes. Seule sa tête bouge. Elle pivote lentement et son regard balaie l'espace essarté de la lisière nord à celle du sud. Puis dans l'autre sens jusqu'à s'arrêter sur la demeure des Garneau. La fenêtre de la chambre paraît éclairée avec un bel éclat de soleil orange qui joue sur les vitres. Les bras de Cyrille remuent. Son poing droit se tend vers cette lumière.

— Si vous croyez que je vous vois pas, bande de rien-du-tout. Vous pouvez rester où vous êtes. J'ai pas besoin de vous pour mener ma barque. Du travail, mon pauvre François, j'en ai fait plus que t'en feras jamais. Puis je te dis que j'en ferai encore, je suis pas pourri.

Une quinte de toux l'interrompt. Elle remonte un flot de glaires du fond de ses bronches. Quand il a fini de cracher, il lui faut un moment, la main sur la poitrine, pour retrouver son souffle.

— Maudits que vous êtes, vous me ferez crever !

Bergère qui s'est avancée lentement derrière lui vient le

bourrer du nez au milieu du dos. Cyrille respire profondément. Il se retourne et prend dans l'arrondi de son bras la grosse gueule grise.

— Toi, si je t'avais pas... si je t'avais pas.

Il n'y a plus trace de colère dans sa voix.

7

Le soleil est couché depuis longtemps et Bergère est encore dehors. Les poules sont rentrées, l'écurie est grande ouverte, la grange aussi. La forêt bruit comme un satin qu'on froisse. Le ciel aussi est un tissu soyeux, à peine voilé où les étoiles brasillent sans verser de clarté. La jument s'approche de la fenêtre d'où sourd une lueur. La lampe n'est pas allumée, c'est seulement le foyer du poêle qui rougeoie. Bergère reste un long moment immobile. Cyrille va et vient. Parle fort. S'arrête, parle encore. Un souffle rabat l'odeur du feu de bois. La jument avance encore d'un pas, puis, le nez à trois pouces de la fenêtre, elle lance un long hennissement. Les vitres tremblent. Cyrille crie :

— Ça va ! J'arrive.

Il se hâte d'allumer sa lampe tempête et sort.

— Où es-tu, ma grande ?

Elle souffle fort des naseaux et s'avance vers son maître qui grogne :

— Ma grande, des fois je le disais à Clémence. À l'époque, elle était pourtant guère plus haute qu'un pied de patates.

Dès qu'elle a rejoint son maître, Bergère baisse la tête et pousse du nez contre l'ouverture de sa poche de veste d'où monte une bonne odeur. La main de Cyrille vient sur les naseaux et chatouille un peu.

— Ben oui... Naturellement... Des fois que je t'aurais oubliée, hein ! Tu ferais une sacrée drôle de tête. C'est sûr.

Il sort le quignon de pain qu'elle vient prendre à pleines lèvres dans sa main qui joue à le retenir un peu.

— T'oserais pas me dévorer les doigts, tout de même... Un beau soir, je veux me payer le luxe d'arriver sans rien t'apporter. Uniquement pour le plaisir de voir ce que tu vas dire.

Tandis qu'elle mange, une main qui connaît les endroits sensibles parcourt son encolure, gratte son front et s'attarde derrière ses oreilles.

— On va sûrement avoir encore un petit coup de gel cette nuit, tu seras aussi bien à l'écurie. Allez, viens ma belle.

Il lui claque le col et la jument le suit. Elle passe derrière lui pendant qu'il s'arrête dans le renfoncement à droite de la porte. Le faisceau hésitant du lumignon dénombre les poules. Les grosses boules de plumes blanches ou rousses gloussent faiblement. Çà et là une tête remue, les paupières blanches remontées s'abaissent sur une fente noire sans éclat. Perché sur la barre du haut, le coq grommelle. Cyrille tire la porte derrière Bergère qui va tout de suite se planter devant son râtelier vide. Son souffle fait voler la poussière de foin jusque dans la lueur de la lanterne que Cyrille vient d'accrocher à un pilier. L'échelle grince, la fourche traîne sur le plancher et le fourrage obstrue la trappe un instant avant de tomber avec sa bonne odeur derrière les barreaux de bois usés.

Je m'en vais te laisser de l'air pour la nuit.

Cyrille ne repousse pas le couvercle sur l'ouverture. L'échelle gémit de nouveau. Tout en commençant de manger, Bergère suit des yeux le va-t-vient de son maître qui se met à arpenter l'écurie. Il marche derrière les bat-flanc jusque contre la cloison de planches qu'il a charpentée en grande colère, il y a trois hivers, quand il s'est séparé de ses vaches. Jadis, l'écurie était quatre fois plus longue. Il ne reste que le box occupé par Bergère et de quoi loger cinq autres bêtes.

Cyrille marche, s'arrête dans la pénombre, semble chercher quelque chose ou quelqu'un. Quand il lui arrive de s'attarder ici à pareille heure, c'est qu'il n'est pas venu seul. Il a été rejoint par des bêtes et des gens qui n'ont pas besoin de porte pour entrer. Ou bien qui dormaient là en l'attendant.

— Tu peux me croire, moi qui te parle, j'en ai connu des pas ordinaires. Des fameuses bêtes plus intelligentes que bien des humains.

Ça commence toujours par les chevaux de Montréal. Ceux qui s'échinent à tirer des chargements énormes de charbon sur des chaussées tellement dures qu'elles vous arrachent les fers et les sabots. Les côtes en hiver sur la glace. Les chutes. Les genoux couronnés et même les pattes cassées avec l'abattoir au bout de la route pour toute récompense. Puis c'est la crise de 29. La séparation. Le départ des colons.

Ensuite, c'est le vide. Comme si Cyrille venait de trébucher ou de s'embarrer. Une vie sans cheval durant des mois. Le vide presque absolu en dépit des rencontres d'amitié et de la besogne. Après : Tom et Sam. Deux bêtes splendides. La découverte du débardage dans les abattis. Un fameux couple, ces deux-là ! Tom et Sam. Les chevaux de Léveillé. Un bon gars, mais fou de mécanique. Très fort débardeur qui s'était mis dans la tête de remplacer sa cavalerie par des tracteurs. La maladie du moteur qui pue. Il en est mort.

— Écrasé par sa mécanique.

Cyrille n'a pas assisté à cet accident qu'on lui a raconté, mais il n'a aucune peine à imaginer le sol d'une berge cédant sous les énormes bandages de fer et l'homme culbutant en contrebas. Il le voit sur la glace de la rivière, les os broyés par cette masse de métal huileux.

— Un homme en pleine force. La poitrine défoncée, les jambes coupées, même pas tué sur le coup.

Des heures d'agonie pendant qu'avec des chevaux on essayait de redresser le tracteur.

— Tracteur ! La mort !

— La merde !

— Poison du monde !

— Tant que l'homme a marché au pas du cheval, la vie était possible. À présent, c'est la folie humaine.

— Pourriture de ferraille. Ça tue tout. La terre et le reste !

— Ça tue aussi les chevaux.

Long silence. Bergère cesse un instant de mâcher pour mieux entendre. L'immobilité totale et le regard perdu de son maître l'inquiètent un peu.

Puis le va-et-vient reprend, avec un pas plus inégal et quelques gestes désordonnés.

— Cadieu, je te le dis, un crisse de sacré cheval ! Quand je pense que ces abrutis le prenaient pour une bête vicieuse. Bête vicieuse, je connais pas ça, moi. Y a que les hommes pour être affublés de cette maladie-là ! Cadieu, j'ai pas connu meilleur.

Il s'approche de Bergère et, s'appuyant contre son flanc, il passe son bras par-dessus son dos et la caresse tendrement.

— Toi, t'es la plus belle. Et douce et gentille et tout. Seulement Cadieu, qu'est-ce que tu veux que je te dise moi, c'était Cadieu !

— Les chevaux, c'est comme ça. Chacun a ses qualités.

Cyrille frotte sa barbe contre le poil et respire l'odeur forte qu'il aime. La jument a de nouveau interrompu son repas pour jouir pleinement de ce moment. Immobile, elle retient son souffle. Seule sa queue se balance doucement, sans venir jusqu'à battre les cuisses.

— Et Boris. Câline de cheval !

— D'abord, c'était le plus grand et le plus costaud. Du nerf et des muscles sur une charpente comme on n'en voit pas souvent.

— C'est ce fou d'Ukrainien qui l'avait baptisé.

— Quand on l'a acheté, il avait pas un an. Il s'appelait le Noir. Koliare a dit : C'est pas un nom. Et il l'a appelé Boris.

— Et le cheval, ça lui a plus tout de suite.

— Après tout, si tu réfléchis bien, Boris, c'est pas plus étonnant que Cadieu ou Bergère.

Lorsqu'elle entend son nom, la jument cesse de manger, elle tourne la tête en direction de Cyrille qui repart vers le fond. Il gesticule. Il s'arrête et pose une main sur le pieu d'un bat-flanc comme il ferait sur le cul d'une vache. Il hoche la tête. Son regard est loin, vers Boris, splendide moreau à l'œil vif, au poil tellement luisant qu'on l'aurait cru passé au cirage.

— Bonsoir, tu parles d'une robe !

— Seulement, il avait son caractère.

— Faut dire qu'il n'est pas arrivé dans la meilleure période. Entre 42 et 49, on a eu cinq tornades.

— C'est là que des colons ont commencé à se décourager.

— Les récoltes foutues, plus d'aide du gouvernement. Y en a quatre qui ont quitté Val Cadieu en trois ans. Jamais vu des tornades pareilles. Ça s'en venait de l'ouest mauvais comme une teigne. Ça rencontrait toujours les autres vents juste au-dessus de chez nous.

— C'est ça, quand la chicane arrive de tous les bords en même temps, faut toujours que ça vienne régler ses comptes chez nous.

— Je crois bien que c'est l'Harricana qui attire la maudite vermine du ciel !

Cyrille commence à s'énerver. Il est tout au fond de l'écurie, dans le coin le plus obscur. Le nez à la cloison de planches disjointes, il parle, il s'agite. On le croirait secoué de l'intérieur par les bourrasques dont le souvenir le remue.

— Chaque fois, fallait remonter les bâtisses. C'était du travail pour nous autres puis aussi pour le grand Boris. Celui-là, il en a charrié, du bois d'œuvre, je te jure ! Il en a levé à la poulie des tonnes et des tonnes.

— Et c'est pas du petit travail.

— Dur et délicat.

— Lui, tu l'arrêtais d'un mot à un demi-pouce près.

Il s'attendrit. Ses mains tombent, inertes, ses épaules s'affaissent. Il se retourne et revient lentement jusqu'au pilier où est accrochée la lanterne. Il semble au bord du désespoir. Après un profond soupir, il repousse son chapeau en arrière et pose sa longue main sur son front.

— C'était pas que les granges. Je crois bien que le bon Dieu nous en voulait particulièrement. Moi qui te parle, j'ai vu de mes yeux, comme je te vois en ce moment, la toiture de la cure levée carré tout au complet pour aller s'aplatir sur la terre à Rossel. Au plein milieu de son orge. Cinq cents pieds de vol plané pour une toiture emportée comme une feuille de journal.

Cyrille est embarqué, il peut aller des heures. Des heures à tout revoir sans ordre, à mesure que renaissent les images, à mesure que les grandes orgues du ciel en démence emplissent cette écurie où son lumignon tremblotant fait danser son ombre et l'étire sur les planches polies par le frottement des flancs velus d'un troupeau disparu.

La grande musique du vent déborde l'écurie, emplit les hauteurs obscures de la grange et s'en va sur les espaces infinis où Cyrille et ses compagnons l'ont vu exercer ses ravages.

— Au cours de l'été 47, en plein après-midi, les terres de Val Cadieu arrosées par une pluie de grenouilles, de poissons et de couleuvres.

— Faut l'avoir vu pour le croire ! Des lacs de plusieurs hectares sucés par le ciel. Vidés d'un coup.

— Un vent noir comme un cul de charbonnier qui t'aspirait l'eau pour la recracher à des milles de distances. L'enfer !

Cyrille s'approche de Bergère qui tourne la tête dans sa direction et approuve d'un long hochement. La main rêche aux ongles durs gratte le front, insistant sur l'endroit où le poil dessine un remous. Cyrille repart. Il rit amèrement :

— L'enfer au Royaume promis par les curés. Un comble !

Toute la région avait trinqué. Mais, dans les villes, les secours arrivaient. Sur les rangs, rien du tout. Que les hommes et les chevaux se débrouillent tout seuls.

— Sûr que le gouvernement avait déjà dans l'idée de nous décourager.

Le pire restait pour la fin. La dernière tornade. Une de trop. 1949. Le lendemain de la fête de la Vierge Marie. Le jour de la Saint-Roch.

— Même que certains culs-bénis ont prétendu que c'était pour nous punir d'avoir pas voulu aider un maboul de curé à construire sa fausse grotte de Lourdes. Ma pauvre Bergère, ce qu'il faut entendre !

Ce jour-là, Boris ne travaillait pas. Il était à la pâture,

derrière la grange. Cyrille se trouvait près de la maison en train de préparer des liens pour les gerbes. Le ciel charriait des nuages, mais très haut. On sentait juste leur souffle frais au moment où ils passaient devant le soleil et c'était plutôt agréable. Et puis, d'un coup : la nuit en plein jour. Quand Cyrille a levé la tête, tout était d'un violet à faire peur. Un violet zébré de lueurs. Ça s'est mis à craquer de partout : Un incendie dans une poudrière. Et toujours pas de vent. À peine une lourde respiration fiévreuse.

— J'ai tout de suite pensé à Boris qui risquait de s'effrayer. Je me suis mis à courir. Le vent m'a dépassé juste au moment où je tournais l'angle de la grange. Un vent pareil, j'en avais jamais senti. Une herse tournante. L'avoine du lot d'à côté s'est trouvée moissonnée et passée au moulin en moins d'une minute. On aurait dit que même la croûte de la terre allait être arrachée.

Boris était parti devant le vent jusqu'à la barrière mais, le temps qu'il y soit, la barrière était en miettes. Laminée. Le grand cheval noir s'est engagé sous les premiers arbres pris de folie et c'est là que le ciel a donné son plus gros coup de boutoir. Une charrue de dix mille tonnes qui déracine des arbres comme un homme arrache une poignée d'herbe en terre meuble. Un tremble avec un tronc aussi gros que le ventre d'un bœuf est monté plus haut que la cime des autres arbres. Il a hésité un instant entre ciel et terre avec toutes ses racines échevelées qui semaient des poignées de cailloux, puis, d'un coup il est venu cingler les reins du cheval.

— Tué raide. Devant mes yeux... Je courais pour le rentrer.

Le regard de Cyrille se dirige vers Bergère, mais il ne s'arrête pas sur son flanc gris où joue la lueur de la flamme. Il va beaucoup plus loin. Sa voix s'entend à peine :

— Boris...

Bergère le voit se retourner, décrocher sa lanterne et s'en aller d'un pas mal assuré. La porte claque. L'obscurité se fait. Cyrille s'est éloigné avec son grand moreau au poil soyeux. La jument reste seule à écouter le vent. Un bon petit vent de printemps venu ressuyer les terres et les préparer pour le travail.

8

Le vent de nuit ressuie les terres. Toutes les terres de Val Cadieu, comme s'il restait sur le rang dix colons pour mener les travaux. Dix hommes solides, plus un curé, plus des femmes et des jeunes et des bêtes aussi.

Le vent de printemps passe dans la nuit et Bergère l'entend flûter entre les planches de la grange. Et Cyrille l'écoute de son lit. Il suit sa course au long de l'arête du toit.

Est-ce que le vent se souvient ?

Il y avait du monde ici, et du monde qui ne s'endormait ni à l'ouvrage ni à la fête. Il n'y avait même pas besoin de tout ça pour que le rang continue de vivre. Pour qu'on sonne encore la cloche de l'église.

Lorsque Cyrille est allé chercher Bergère chez un habitant de Sainte-Philomène qui abandonnait son lot, il ne restait que quatre maisons habitées à Val Cadieu. Pourtant, c'était encore la vie intense. Le bouillonnement. La bonne entente. Et tout marchait si bien qu'on ne se souciait pas autrement des bruits de la politique. On entendait raconter que le gouvernement en avait assez des agriculteurs du Nord. Ils coûtaient trop cher, on voulait les décourager, les faire partir pour tout remettre en forêt. La forêt pour le papier. Pour les mensonges des journaux.

Les fables des politiciens. Les âneries du Parlement.

Il restait quatre feux allumés. Richard Florent au lot trois. En face, sur le quatre, ce grand escogriffe d'Ukrainien avec sa femme et leur garçon resté célibataire; au cinq, les Garneau et leur marmaille. C'était ainsi lorsque Cyrille avait amené Bergère toute jeune dans une écurie qui sentait fort le cheval entier. Il y avait encore huit vaches. L'immense grange regorgeait de paille blonde et de foin. Quatre greniers étaient pleins. Quatre étables abritaient un troupeau, sans compter les lapins, les poules et les coqs qui vous réveillaient en fanfare bien avant l'aube en s'appelant d'un fumier à l'autre. Sans compter les cochons dans une baraque spéciale au bord de l'Harricana, loin, à cause de l'odeur. Et par-dessus tout ça, plus gueulards encore que Koliare, deux chiens et des enfants.

Bergère était le seul animal travaillant. Elle était solide, pleine de feu pour servir un patron un peu étrange mais avec qui elle avait tout de suite fait amitié. Avec lui et avec les autres qui venaient souvent lui apporter du pain, du sucre, une carotte ou une feuille de chou. Elle labourait, hersait, fauchait, rentrait le bois, le grain et le fourrage. Tout poussait à pleines clôtures.

C'était une vie dure mais éclairée de joie.

Deux ans comme ça, jusqu'au jour où elle avait dû se rendre à Saint-Georges avec le char pour chercher la longue caisse de sapin où on avait couché le père Garneau qu'elle avait charrié derrière l'église.

— Cet homme-là qui ne cessait jamais de travailler, pour une fois qu'il essaie de pêcher dans l'Harricana, juste au bout de sa terre, il se noie!

Là, ce n'était plus la joie. Dans le même été : Koliare. À moins de vingt sabotées de Bergère et de son maître. En train de rentrer de l'avoine. Foudroyé par le soleil. Étendu raide, les bras en croix entre sa fourche et un gerbier. Les yeux écarquillés tout pleins de ciel. La bouche grande ouverte pour un coup de gueule qui ne sortirait jamais.

Pour la première fois de sa vie, Bergère avait refusé d'écouter Cyrille. Partie au galop se réfugier dans la grange. La mort, ça a tout de suite une odeur qui effraie. Ce qui ne l'avait pas empêchée de retourner à Saint-Georges chercher une autre caisse de sapin, plus longue que la première, et d'emmener Koliare, les pieds en avant, jusqu'à l'église, sur le char lessivé pour la circonstance.

L'année suivante : départ des Florent. Le couple, quatre garçons et deux filles plus cinq vaches. En même temps, la veuve de Koliare et son fils, avec les trois vaches qu'ils avaient encore. Tout le fourbi des deux ménages entassé sur le char. Cyrille qui menait par la bride, pas à prendre avec des pincettes. Et sans s'occuper de savoir si le reste suivait la cadence. Le tout jusqu'à la gare de Saint-Georges avec retour immédiat. Pas question d'attendre le passage du train. Au retour, Cyrille sombre. Muet. Pétrifié sur l'avant du char vide. Pas un mot, pas un ordre. Rien. Bien plus inquiétant que les grandes colères.

Mais tout ça n'était que le prélude. Car il restait encore Charlotte Garneau avec son garçon et sa bru. Le grand tintamarre, c'est leur départ qui l'a déclenché. Des journées et des nuits de tempête à faire trembler les vitres de la maison et les planches de la grange. Des accalmies de quelques heures puis ça repartait de plus belle.

D'un coup, la tornade avait changé de physionomie. Aux terribles coups de gueule, au déluge de postillons, aux gesticulations désordonnées avait succédé une intarissable soif de travail. La rage des membres et du corps avait muselé la voix, exactement comme l'averse peut abattre le vent.

C'est devenu une habitude chez Labrèche. La colère se déverse toujours sur le labeur. Et, bien entendu, c'est Bergère qui paie sa part de l'addition. Elle le sent venir comme le harfang des neiges sent arriver la tempête. La grande différence, c'est que la jument ne s'enfuit pas devant les nuées. Elle bande ses muscles et elle répond à la demande.

Il faut dire qu'il en passe, des orages, sur Val Cadieu ! Et pas sans raisons.

Peu de temps après le départ des Garneau, le camion de ramassage du lait a cessé de venir. Tout d'abord, Cyrille a éclaté d'un rire énorme.

— Rien à foutre, de leur camion ! On a vécu sans ça.

Il s'est mis en tête de faire des fromages et d'aller chaque semaine les vendre à Saint-Georges. Mais ça n'a pas fonctionné longtemps, son système. Il y avait toujours quelque chose qui ne marchait pas. Ou bien la présure ne valait rien, ou bien le lait tournait trop vite et, si tout était réussi, c'était ces abrutis de gens de la ville qui préféraient les saloperies chimiques sous cellophane des grandes usines aux produits naturels. La peur des microbes, c'était une foutue maladie venue tout droit des États-Unis et qui n'aidait pas le petit producteur honnête.

Ça n'a même pas tenu trois mois, l'histoire des fromages. Et avec des crises à faire frémir la forêt jusque sur l'autre rive du fleuve. Les seuls à s'en réjouir : les poules qui se gavaient de tout ce qui partait au fumier. Et c'est là qu'il a fallu vendre les vaches.

— Bien calculé. Pas besoin de nous foutre dehors.

— Vous voulez m'obliger à partir de moi-même ? Ben vous m'aurez pas ! Je préfère crever. Mais je vous annonce que c'est pas pour demain.

Et Cyrille s'est claquemuré dans sa rogne. Dans sa volonté farouche de tourner le dos au monde puisque le monde lui tournait le dos. Cette solitude à deux les a encore rapprochés, Bergère et lui.

— Si c'était pas des poules qui puent la merde, je me ferais une couchette à l'écurie.

Hésitation. Puis coup de colère.

— Nom de Dieu non ! Je ferais pas ça. J'ai une maison. Je veux y vivre comme un homme. J'ai trop longtemps vécu comme une bête. J' m'étais mis en tête de garder la maison vierge pour des rien-du-tout qui s'en contrefoutent.

— Ton étable, elle va pas rester toujours vide. Fais comme Hauris, élève des bêtes pour la viande.

— Je le ferai, c'est certain. Leur camion de lait, y peuvent se le garder.

Ça ne l'empêche pas de venir souvent retrouver Bergère en pleine nuit. Tout simplement parce qu'il a été réveillé par une saute de vent, qu'il s'est imaginé un hennissement, ou des coups de sabots.

Ou pour rien du tout. Par besoin de s'assurer qu'elle est bien là. De lui parler. De lui dire, comme cette nuit, que le vent est en train de leur mitonner une belle terre, de la besogne à la mesure de leur force et de leur courage.

Un petit vent comme seul le vrai printemps sait en tirer du levant pour le faire courir presque sans bruit sur les immensités du Nord.

9

LORSQUE Cyrille sort de l'écurie, l'aube est encore loin mais le ciel a changé de couleur. Les brumes se sont amassées vers le fleuve et la clarté des étoiles baigne les espaces nus jusqu'à la ligne plus lourde de la forêt. Cyrille éteint sa lanterne. Tout de suite, la nuit se rapproche. Elle prend de la force.

Cyrille va pisser contre le tas de fumier qui dégage une agréable chaleur. Les odeurs se déplacent lentement et se mêlent. Le vent se souvient des tiédeurs du jour. Cyrille regarde sa terre sous cette clarté de petit-lait.

— On y verrait assez pour travailler.

— Ça ferait drôle.

— Les journées sont assez longues de fatigue.

Il fait quelques pas puis s'arrête pour regarder encore.

— Quand je pense qu'il y a des salauds pour soutenir que c'est pas du sol de culture. Que c'est tout juste bon à faire pousser des épinettes et du sapin pour la pâte à papier.

— Misère ! Ceux qui disent ça sont des criminels.

— Les mêmes qui nous ont envoyés ici en 29.

— La meilleure terre du monde, qu'ils disaient !

Cyrille regagne la maison. À tâtons il cherche du papier et du petit bois qu'il pose sur les braises rouges après avoir fait tomber la cendre. Le papier fume un moment et se tortille. Cyrille souffle et la flamme naît presque tout de suite.

— C'est bon signe.

— Si c'était à peine plus ressuyé, ce serait sûrement une journée de labour.

Le labour, c'est de très loin la besogne que Cyrille préfère. Il éprouve une sorte de jouissance presque douloureuse à voir un soc luisant pénétrer bien profond et lever une longue vague brune, grasse, onctueuse.

— Est-ce que ça vaut le coup d'éclairer la lampe ?

— Et si tu faisais une soupe ?

— Sacrée bonne idée. Je vais faire mon thé, puis je me cuirai une grosse soupe. Que j'en aie au moins pour huit jours.

— À cette saison, elle risque pas de tourner.

— Comme ça, je pourrai travailler dehors sans perdre mon temps.

Il allume sa lampe et, une fois son eau sur le feu pour le thé, il se met à éplucher des choux, des pommes de terre, des raves et deux gros oignons. Les légumes crissent sous la lame de son couteau. Quand il les coupe en morceaux, ils tombent au fond du grand pot-au-feu avec des chocs sourds. De temps en temps Cyrille s'arrête. Il écoute la nuit, derrière le pétillement du feu. Il sourit puis, soudain soucieux :

— On dirait qu'il y a du monde.

— Tu parles, du monde. Ça risque pas.

Il pose son couteau et va ouvrir la porte. Il sort et referme derrière lui. La clarté s'est encore modifiée. Au lait froid des étoiles se mêle à présent une vague lueur sans teinte définie mais légèrement plus tiède. Il court toujours le même petit vent fureteur et sifflotant. La masse noire des maisons et des granges qu'on peut voir d'ici est épaisse, lourde de sommeil

— Autrefois, à pareille heure, ça clairait de partout. J'étais même pas toujours le premier levé. Souvent, c'était Martin.

Il se tait. Il hésite. Sans qu'il le veuille vraiment, un appel fêlé sort de sa gorge.

— Ho ! Martin ! Faut te bouger.

La voix se tord et déraille. Pas d'écho. Même le vent s'est arrêté un instant pour écouter.

Cyrille soupire et rentre. Son visage est tendu. Sa main s'énerve un moment dans sa barbe. Il emplit d'eau aux trois quarts son fait-tout qu'il porte sur le poêle, puis il va s'asseoir, un coude sur la table, le regard rivé au foyer grand ouvert.

— Le monde est devenu paresseux.

— Les meilleurs sont morts, les autres veulent plus rien moudre.

Il réfléchit un moment et sourit.

— Je suis tout de même un drôle de personnage !

Il se lève de sa chaise qui couine pour aller couler son thé. Le moindre bruit prend une ampleur énorme.

— Peut-être bien que je suis tout seul vivant à cette heure.

Il rit amer.

— Tout seul à Val Cadieu, oui. Avec ma jument et mes poules. Et tout le reste qui appartient à la forêt. À la terre. Aux rivières.

Il recharge le feu et vient s'asseoir devant son thé fumant. Il mange lentement une tranche de pain puis roule sa première cigarette. Il éteint sa lampe et fixe la fenêtre où une lueur se devine. Avec sa langue, il fait aller son mégot d'un bord à l'autre de sa bouche. Il s'accorde le temps de le finir lentement en savourant son thé.

— Après ça, on va attaquer. Y vont bien voir si je suis pourri. Si je suis plus capable de faire de la terre.

Ses poings se serrent. Il ferme à demi ses paupières et son visage se crispe soudain comme s'il s'apprêtait à livrer bataille à un géant.

10

Après le départ de Cyrille, Bergère s'est rendormie, bien posée sur ses larges sabots. Avant jour, le coq la réveille. De son perchoir, il a vu une fente se dessiner entre deux planches. Il lance son premier cri éraillé. Puis toute l'engeance bavarde des poules arrive en se chamaillant et éparpille le crottin de la nuit. Les plus hardies sautent jusque sur la mangeoire et viennent, sous le nez de la jument, piquer du bec les graines d'avoine coincées dans des rainures. Il y a un bon moment que dure cette comédie lorsque approche la toux de Cyrille. Aussitôt, c'est la ruée. Toute la basse-cour est entassée derrière la porte à l'instant où elle s'ouvre. Et c'est chaque matin les mêmes cris :

— Ho là ! Doucement la volaille. On n'est pas au feu.

Cyrille soulève le couvercle du coffre et cherche à l'aveuglette la vieille casserole qui lui sert de couloir. Il y a toujours un ou deux volatiles qui viennent lui battre des ailes dans la figure pour essayer d'entrer dans le coffre ou de se servir avant les autres à même la gamelle.

— Allez allez ! Au large les voraces.

Le lourd couvercle claque.

— Un jour, y en a une qui va se faire écraser la tête.

— Ça s'est déjà vu. Ça fait crac, puis c'est fini.

— On mange la poule au pot.

Il rit. La lumière est à la fête. Il lance son grain dehors d'un large geste et c'est une autre ruée à laquelle se mêlent les mésanges, deux pinsons batailleurs et leurs femelles. Dès qu'il a piqué une vingtaine de grains, le coq bondit au sommet du tas de fumier et s'égosille pour réveiller les solitudes tranquilles.

Cyrille rejoint Bergère dans l'écurie tiède et verse dans la mangeoire une bonne mesure d'avoine. Signe qui ne trompe pas : une solide journée se prépare. Tandis que la jument commence à manger, Cyrille empoigne la fourche à fumier et se met à nettoyer. La brouette grince. Par la porte restée ouverte, l'air froid pénètre au ras du sol, chassant les buées de la nuit.

Cyrille monte au grenier. Couinement de l'échelle.

— Je trouverai donc jamais le temps de te réparer, toi.

— Faut le faire.

— Je sais.

— Quand on se retrouve avec une patte cassée, on regrette. Surtout si on est tout seul.

— Sûr qu'ici j'aurai l' temps de crever avant qu'on me trouve.

En haut, le pas de Cyrille s'éloigne et revient. De la poussière ruisselle entre les planches et tombe sur les oreilles de Bergère qui se secoue. Cyrille lance de la paille avant de descendre.

— Tu vas sortir un moment.

Bergère qui a fini jusqu'au dernier grain d'avoine obéit et s'avance dans l'aube froide. La lumière frémit sur la terre où la nuit a laissé un voile de gelée blanche. La clarté de l'est grandit et accuse peu à peu l'ombre lourde des résineux. Cyrille qui décharge sa brouette grogne :

— Y seraient là les uns et les autres, l'écurie, on la ferait chacun son tour. Des bêtes, j'en aurais encore pas mal, si j'étais pas tout seul.

Cyrille rentre sa brouette vide et sa fourche, puis ressort avec l'étrille et la brosse. Bergère qui était allée boire au baquet placé sous l'avant-toit se hâte de revenir. La toilette commence par un morceau de sucre. C'est la règle. Ensuite, les mains palpent le corps, les lames de métal chantent en raclant le poil, la brosse souple caresse partout. La séance se termine toujours par une visite des sabots.

— Donne. Donne ton pied.

La main tapote la jambe. La voix se fait autoritaire, sans brutalité. La jument soupire profondément pour bien faire comprendre qu'elle s'exécute par amitié. Elle se fait prier, mais elle aime aussi ce moment où l'épaule de Cyrille va s'appuyer contre elle. Par malice, comme il se baisse devant elle pour ramasser son matériel, elle pousse d'un coup de nez le chapeau qui tombe.

— As-tu fini tes âneries, dis ! Vieille bourrique.

Elle relève la tête et la secoue, fière de son coup. Autrefois, quand elle faisait des choses pareilles, il y avait toujours du monde pour rire.

Une fois propre, Bergère attend les harnais. Lorsqu'elle entend remuer les chaînes, elle comprend qu'elle ne s'est pas trompée. On va aller tirer des souches pendant que la terre est encore meuble. Et pour qu'on s'y prenne à pareille heure, c'est que la journée sera dure et longue.

Ils partent par le lot voisin qui n'a plus de clôture et piquent droit sur la partie du bois prolongeant la terre de Cyrille. Il ne faut guère plus d'un quart d'heure pour arriver à pied d'œuvre. Le soleil est déjà tout proche. On le sent derrière la forêt comme une braise qui n'attend que le premier souffle pour dévorer un fagot. Et le vent renaît.

Il promet le beau. Aussitôt la forêt se met à bavarder. Le soleil s'en mêle. Un large brasier grésille par-delà les bouleaux et les aulnes encore nus. Sur la droite, la masse des résineux résiste et le feu doit la déborder par la cime. Un long moment, la moitié du ciel est une voûte d'or qui pâlit vers le haut pour se fondre avec le vert bleuté encore tout luisant du froid de la nuit.

Cyrille s'est laissé prendre un moment à regarder.

— Mille dieux ! M'en vas vous montrer !

Il ne sait ni ce qu'il veut montrer ni à qui, mais sa colère commence à frémir en lui comme une eau qui approche de l'ébullition. Son exclamation a été si brutale que Bergère a couché les oreilles. Cet aboiement qui claque à la manière d'une mèche de fouet est le signal du départ. Le coup d'envoi de la matinée où tout va marcher sur un rythme d'enfer.

— Hue donc, la grosse !

Les reins se creusent, les muscles roulent sous la peau, le collier et les traits font entendre des craquements et des couinements inquiétants. Les chaînes se tendent. Vibrent. Les sabots creusent le sol et les fers mettent à vif la chair blanche des racines. On entend frémir les souches encore gorgées d'eau.

— Tire donc ! Tonnerre. T'es déjà fatiguée ?

Tandis que la souche enchaînée se soulève, Cyrille tranche à la hache ce qui résiste encore. Les coups bien appliqués font gicler hors de la tranchée de larges éclats clairs. Quand il ne reste presque plus rien, l'homme laisse sa hache, arrache ses pieds à la boue et court empoigner la bride.

— Allez ! Un coup à droite... Reviens là, ça y est !

Et tous les deux vont ainsi jusqu'à l'heure où le soleil est au plus haut. L'heure où il faut aller s'abreuver et se nourrir un peu pour se refaire des forces.

Quand ils s'en vont, un bon tas de souches échevelées et toutes luisantes de terre grasse est déjà là. Il va sécher en attendant le soir d'été calme où il pourra brûler.

À le contempler, Cyrille décolle un instant du moment. Il voit vingt, trente tas pareils sur tous les lots de Val Cadieu.

— On attendait l'ordre de feu. C'était l'agent des terres qui le donnait.

— Ou un curé de la colonisation.

— Fallait être certain que le calme tiendrait.

— On faisait ça à la tombée de nuit.

— Puis y avait des curés qui venaient des fois depuis Québec, depuis Montréal. Y voulaient qu'on chante des cantiques à la lueur des feux. Tu parles si on avait le goût à chanter.

— Crevés comme c'est pas possible.

— Noirs. Avec la peau rôtie et la barbe grillée.

— T'aurais vu ça.

— J'ai vu.

— Pas comme moi.

— C'était pareil sur tous les rangs.

Il se fait soudain un grand coup de nuit en plein midi, avec des feux qui éclairent jusqu'aux nuages. Et des femmes qui regardent de loin en retenant les enfants par la main. La voix soudain rauque :

— De la terre, on en faisait pour pas crever.

— Y a des curés qui disaient : Vous faites de la terre pour l'éternité. Pour des générations qui béniront votre peine.

Il pousse un ricanement aigre et tend le poing comme s'il en voulait à l'univers entier.

11

BERGÈRE et son maître sont crottés jusqu'aux épaules. Cette boue qui a giclé toute la matinée sous les sabots, sous les bottes, les coups de pioche et de hache commence à former par endroits une cuirasse qui se craquelle. Le pantalon et la veste de l'homme fument autant que la robe de la jument.

— Nous voilà dans un bel état, ma pauvre vieille !

La bête fait oui de la tête.

— Ça a l'air de t'amuser, toi. On voit bien que c'est pas toi qui fais le pansage.

Le visage de Cyrille se détend. La vision des feux inutiles, des travaux et de la peine gaspillés s'évanouit soudain, chassée par celle de sa jument tenant une étrille et lui nettoyant sa veste. Un petit rire monte.

— Sûr que ça t'irait bien, oui. C'est pour le coup que j'aurais plus un brin de peau sur le dos.

Il marche un moment le nez en l'air, laissant la grande clarté du ciel le pénétrer jusqu'à l'âme.

— Ben, mes amis, je peux vous dire une chose : quatre ou cinq jours comme ça et on aura déjà fait un bon bout.

— Après, ce sera juste le temps de se mettre aux labours.

— Quand je pense à ce qu'on a pu dessoucher sans bœuf ni cheval.

— Et le cabastran. Tu t'en souviens, du cabastran ?

— Le curé qui nous serinait : On dit pas cabastran, on dit cabestan.

— N'empêche que ce curé-là, y poussait au manche avec nous.

— Oui, quand on a eu un câble.

L'idée de cet énorme appareil fabriqué tant bien que mal et qu'ils avaient peine à déplacer l'amuse. L'air est soudain tout plein de son cliquettement et des gémissements du bois.

— On l'avait fabriquée, cette maudite affaire, puis on s'est aperçu qu'on avait pas un sou pour acheter un câble.

— Ça a pris du temps pour en avoir un.

Et voici que, soudain, cette misère des premiers temps le met en joie. Les mauvais coups du passé lui font accepter ce qu'il connaît aujourd'hui.

— Aujourd'hui, j'ai ma jument.

— Pour les souches, ça vaut pas une paire de bœufs.

— C'est vrai, mais tu peux voir qu'elle renâcle jamais Si ça cède pas au premier coup, elle remet ça.

— C'est assez rare chez un cheval.

— J'en ai connu d'autres. Si tu sais les mener...

— Tout de même, le cabastran, on lui en a fait faire des tours.

— Y a des jours où même des femmes venaient pousser avec nous.

Une ombre passe mais s'estompe assez vite.

— Charlotte Garneau, elle valait mieux que certains hommes, pour ce genre de besogne.

Ils viennent de déboucher sur le chemin du rang et, tout de suite, le regard de Cyrille se fixe en direction du sud. Sourcils froncés, front plissé, il s'arrête et tire sur la bride.

— Ho! Holà!

Une masse sombre accroche un éclat de soleil, là-bas, au beau milieu du chemin.

— Sacréyé, c'est un camion. Qu'est-ce qu'y vient foutre par là?

Il regarde un peu mieux. Le camion est immobile. Aussitôt, un rire mauvais monte à la gorge de Cyrille qui imagine le monstre à moteur embourbé jusqu'aux moyeux. Sans doute abandonné par son conducteur parti chercher de l'aide.

— Raspoutistra! Qu'y vienne rien nous demander. Sois tranquille, ma vieille, je te ferai pas tirer une saloperie pareille pour tout l'or du monde.

Il repart en hâtant le pas.

— Ça me ferait plaisir qu'ils puissent jamais le sortir, leur fourbi du diable. Avec ça, ils croient qu'on peut passer partout comme avec un cheval. Mécanique de merde!

Il va jusqu'à son enclos, enlève en hâte les harnais de la jument et les pose sur la barrière. Il la bouchonne avec trois poignées de paille et la libère.

— Allez ma belle, va boire un coup. Je reviens.

Il ferme la barrière au nez de Bergère étonnée qui le regarde partir comme un dératé. Il allonge le pas et ses bras fonctionnent autant que ses jambes. Bientôt, il distingue des silhouettes qui se déplacent à côté du véhicule. Puis le véhicule avance.

— Pas enlisé, maudit!

Il force encore l'allure. Il vient de voir un homme grimper après un des poteaux de l'électricité.

— Qu'est-ce qu'ils foutent après cette ligne!

Il a soudain envie de faire demi-tour. Ignorer ces gens d'un autre monde. Ce qui importe, c'est son travail à continuer et sa jument à soigner. Et pourtant, Val Cadieu, c'est chez lui. Et cette ligne, c'est celle de Val Cadieu.

— J'ai peut-être le droit de savoir ce que des étrangers viennent foutre dans ma paroisse.

Contre sa volonté, il presse le pas. Il veut voir, mais sans donner l'impression qu'il est inquiet. L'homme est descendu du poteau. Le camion avance. Cyrille a marché trop vite. Il doit s'arrêter pour tousser et cracher. Quand il repart, sa vue est trouble. Chaque fois qu'il est pris d'une quinte pareille, les larmes lui montent aux yeux.

Le camion s'arrête de nouveau à hauteur d'un poteau. La colère de Cyrille est en train de gonfler en lui comme le dos d'un chat qui fait front à un chien.

— Sont trois. Y pourraient bien être cinquante, je m'en contrefous !

— Tout du maudit monde de mécanique à moteur qui n'a rien à branler sur ce chemin !

Un chemin à lui plus que jamais. À lui seul depuis que les autres ont foutu le camp vivre la vie facile des villes...

— Vie facile ? On verra bien !

Pour l'instant, il ne voit plus grand-chose, lui qui s'est remis à courir comme si l'incendie lui sautait aux fesses. Entre la colère et les larmes provoquées par sa toux, il a la vue de plus en plus brouillée.

Cependant, à cent pas du camion, il se raidit. Cloué au sol. Les yeux comme des assiettes. La bouche comme un four. Pas un mot. Même le fleuve intérieur est barré. Cimenté. Une minute, peut-être deux puis la soupape cède d'un coup. La vapeur jaillit. Tout se met en marche. Bras, jambes, gueule. Il court. Il hurle.

— Vous êtes fous ! Arrêtez ! Arrêtez !

Un des trois employés vient à sa rencontre. Un gros à trogne rouge qui pousse sa bedaine en avant.

— M'en vas te la crever, ta poche à bière !

– Vous êtes fous ! On l'a payée, cette ligne.

L'homme lève une main potelée. Il sourit.

— Ho là, faut pas t'emporter comme ça.

— Mais tabernac ! Qu'est-ce que vous foutez là. Vous êtes fous. Qui c'est qui vous a appelés ?

Ils se sont rejoints. Le ventru tend une main que Cyrille empoigne et secoue.

— T'es Labrèche. On m'avait prévenu : méfie-toi, c'est un énervé, il est capable de vous recevoir à coups de fusil.

— Pas besoin de fusil pour me faire respecter.

— J'en doute pas. Tu me connais pas, mais moi je te connais. Tout Saint-Georges sait que t'es un sacré bougre de costaud.

Ce mot dégonfle à moitié la colère de l'ancien charretier. Il va parler. Le gros le devance :

— Quand on m'a dit ça, j'ai répondu : Je le connais assez pour savoir que c'est pas un imbécile. L'électricité, il en a jamais voulu. Qu'est-ce que ça peut bien lui foutre qu'on enlève les fils ?

— J'en ai jamais voulu, mais quand y reviendra des gens sur le rang, ils en auront besoin.

— Justement, à ce moment-là, on mettra du neuf. Poteaux et tout.

Cyrille fronce les sourcils.

— T'es sûr de ce que t'avances ?

— C'est la Compagnie qui le dit.

— La Compagnie, c'est tout partie liée avec le gouvernement. Je croirais plutôt qu'elle enlève les fils pour décourager ceux qui voudraient revenir.

Sans se soucier du gros, Cyrille fait trois pas en direction du camion puis s'arrête soudain et se retourne. Sa voix siffle. Son œil s'assombrit.

— Le dernier qui est parti, tu sais pourquoi ?

L'autre semble embarrassé. Il bredouille :

— Moi, ça fait que deux ans que je suis à Saint-Georges. Avant j'étais...

Cyrille se moque pas mal du passé de cette baudruche.

— Le dernier, c'est François Garneau. Son père était arrivé avec moi... Les premiers, on était. Ben François, c'est des gens comme toi qui l'ont fait s'en aller. Il avait perdu sa première femme en 60. Elle est enterrée à Saint-Georges. Morte à l'hôpital d'un machin dans le ventre. Un truc de femmes. Elle avait jamais pu lui donner d'enfant. Y s'est remarié deux ans plus tard avec une jeune de Villemontel. Ils ont eu une fille. Isabelle qu'ils l'ont appelée. Belle petite.

Il se donne le temps de respirer un grand coup et d'empoigner le gros par ses deux revers de veston. Il le secoue un peu.

— Belle petite, oui. Morte à treize mois. En plein hiver. Tu sais pourquoi ?

Il secoue de nouveau le gros qui a posé ses pattes rondes sur les poignets secs comme du bois.

— Ben m'en vas te le dire : plus de téléphone. On l'avait coupé parce qu'on restait que deux à habiter ici. Le téléphone, il était dans la cure. Y servait qu'à appeler en cas d'urgence. On a couru. Le chemin pas fait. Quand le docteur est arrivé : trop tard.

Il lâche les revers de veste pour faire un geste comme s'il balançait la fillette par-dessus son épaule.

— Après ça, va retenir les Garneau.

Comme si ce souvenir l'avait vidé du fiel qui l'empoisonnait, Cyrille se met à marcher calmement en direction du camion. Le gros qui l'accompagne parle, mais Cyrille n'écoute que les mots qui sonnent en dedans de lui. Il regarde, sans les voir vraiment, le chauffeur du camion et le singe qui grimpe à un poteau avec ses outils pendus à son ceinturon.

— On a de la bière, tu veux boire un coup ?

Cyrille n'a rien entendu. Sans un mot, il tourne bride et marche vers Val Cadieu. Vers ce rang inondé de soleil.

La petite Isabelle est derrière l'église. Dans le même trou que son grand-père qui n'a pas eu la joie de la connaître. La grosse Charlotte a suivi François. Elle disait :

— Faut comprendre, mon pauvre Cyrille. C'est des jeunes.

— Des jeunes ? Qu'est-ce que ça veut dire ?

— On était peut-être pas jeunes, nous autres, quand on nous a expédiés ici ? « Allez vers le Nord, un royaume vous est offert. »

Il s'arrête et gesticule :

— Ben oui ! Le Royaume, je l'ai pris. On l'avait tous pris. Et alors, qu'est-ce qu'y reste ?

Il repart. Droit. Roide. On croirait qu'il peut aller ainsi jusqu'au bout du Nord.

— C'est ceux qui sont partis qui ont eu tort.

— Des enfants, François, t'en aurais eu d'autres. Et qui auraient poussé encore mieux ici qu'en ville... Aujourd'hui, ça ferait de la vie à Val Cadieu. La sueur de ton père, François, elle est sur cette terre-là. Elle est pas ailleurs. T'avais pas le droit de la laisser.

Il se tait un moment. Sa gorge s'est nouée. Toute la lumière du jour a disparu. Plus rien de clair n'entre en lui.

— T'avais pas le droit d'emmener ta mère qui s'est échinée sur son lot... Toi, c'est ici que t'as grandi... Ici, pas à la ville.

Il s'arrête et se retourne, sourcils froncés et regard d'orage. Le camion est déjà petit au centre du chemin rectiligne.

— Je donnerais gros pour que tu restes pris dans un bourbier... Ça me ferait du bien.

Il respire profondément et il hurle de toutes ses forces :

— Raspoutistra ! Ras-pou-ti-stra !

Le mot lui herse la gorge. Il ne le fait plus rire. Le grand Koliare ne vient pas le rejoindre.

Le temps de la grosse mélasse est terminé. Le soleil et ce petit vent dont il s'est tant réjoui ont ressuyé les terres. Même le sous-bois sera bientôt sec. Ça craque, ça sourd, ça éclate de partout. En quelques jours, le pays va passer de l'hiver à l'été. C'est la grande fête des bourgeons et des jeunes pousses qui percent le paillasson d'herbes jaunies et d'aiguilles mortes.

L'Harricana a déjà fini d'emporter ses glaces vers la baie James. Son eau boueuse coule à pleins bords. On la voit d'ici dérouler son chemin d'étincelles derrière la trémie des frondaisons qui commencent à envahir les terres abandonnées.

— Bon Dieu, c'est plus facile à perdre qu'à gagner. Suffit de laisser faire les saisons.

— Quand tu penses que certains disent que c'est un pays où rien ne vient. Malheur !

Avant de rejoindre sa jument qui l'attend la tête par-dessus la barrière, Cyrille contemple un moment l'étendue qui le sépare de la berge. Un frisson où la rouille se mêle à un vert très tendre court entre le fleuve et lui comme un déferlement de lumière. C'est la première fois qu'il remarque à quel point le lot des Garneau est déjà envahi.

— Martin, si tu vois ça de là-haut, certain que ça doit te remuer le cœur.

Il se tait, comme étranglé. Et cette fois, ce n'est pas la toux qui brouille son regard.

12

BERGÈRE observe Cyrille qui gesticule sur le chemin. Elle tend l'oreille et hume l'air qui charrie des parfums de mousse et d'eau. Autrefois, il s'y mêlait les odeurs de la vie. Le pain tiré du four, la fumée des fagots, les poulaillers et les clapiers. À cette barrière, les enfants venaient avec un sucre ou une croûte de pain. Aujourd'hui, le vent, comme les maisons aux portes closes, est vide. Il ne pousse plus devant lui que le chant des oiseaux et le ronronnement de la forêt.

Cyrille parle fort. Il regarde surtout en direction du fleuve. Puis il se tourne vers Saint-Georges et lève à plusieurs reprises son poing crispé. Enfin il se décide à revenir. Il a son œil des mauvais jours. Comme si le travail du matin ne lui avait apporté aucune satisfaction. Il va de son pas de fièvre. Cette allure qui annonce les gros orages.

Il ouvre la barrière. Sa main s'attarde quelques instants sur l'encolure et le flanc de la jument, mais c'est ailleurs qu'il regarde. En des régions secrètes où un cheval vivant n'a pas accès.

— Quand je pense à l'année où elle est arrivée, leur putain d'électricité !

— C'était en 48.

— En 48, je m'en souviens comme d'hier. Ils ont donné le courant le 1er décembre.

— Ce Noël-là, tout le monde se faisait des cadeaux électriques. Un moulin à café. Un mixeur, un toasteur. Même que Charlotte avait offert un rasoir électrique à Martin. Il a jamais pu s'en servir.

— C'est François qui l'a eu, ce sacré machin. Tout Val Cadieu l'a essayé.

Il va jusqu'à sa porte qu'il ouvre, puis il retourne à la barrière, sans l'ouvrir, il lorgne vers l'enfilade du chemin. Le camion n'a pas l'air d'avancer beaucoup. Il hausse les épaules et revient.

— Y s'en est acheté, des trucs à moteur qui ont jamais servi à rien.

— Et la crèche avec des loupiotes qui s'allumaient toutes seules ?

— Moi, j'étais invité partout. Leur saloperie de courant, j'en voulais pas chez moi, mais j'en avais partout en veux-tu en voilà ! Même que ça me faisait pleurer les yeux.

Cyrille flatte encore Bergère.

— Allez, va finir ton foin. On va pas traîner. C'est pas ces voyous-là qui vont me faire perdre mon temps.

La jument ne se décide pas à regagner son écurie. Elle cherche les brins d'herbe qui commencent de pousser sous la clôture, où le sol est moins souvent piétiné. Cyrille entre chez lui. Les mésanges sont déjà à réclamer. Trois sur la table, deux perchées sur le bois du lit, une autre qui tambourine du bec sur le petit meuble.

— Alors, la marmaille, faut plus vous gêner.

Dès qu'il sort le pain, tout le monde se précipite.

— Tchèr, tsitsitsit.

Les têtes noires et les joues blanches se mettent à remuer comme des feuilles secouées par le vent. Les petites ailes nerveuses aux reflets bleutés battent et les pattes font voler les miettes.

— Tieuc-tieuc ?

C'est comme une interrogation. Cyrille se retourne. Un gros pinson se tient sur le seuil.

— Viens. Viens mon petit... non ? Tu veux pas ? T'es moins hardi que ces effrontées-là.

Cyrille jette du pain dehors. Le pinson va manger. Tout de suite rejoint par sa compagne moins colorée que lui et plus timide encore.

La ligne et les électriciens sont loin. La colère a fondu. Cyrille s'assied pour manger, un coude sur la table, face à la porte par où les oiseaux ne cessent d'entrer et sortir.

— Je sais bien que vous allez pas tarder à nicher, hein ? Vous viendrez moins me voir. Vous resterez moins longtemps.

Deux mésanges plus hardies que les autres se posent sur son épaule et tentent de lui prendre son pain et surtout son fromage. Il rit.

— Je vous connais bien, vous autres. Vous êtes des vieilles. Ça fait quoi ? Au moins six ans que vous habitez le quartier. Vous m'avez déjà coûté cher.

À présent, ce sont les poules qui essaient d'entrer. Le mouvement que Cyrille fait pour les chasser effraie les mésanges qui s'envolent toutes d'un coup.

— C'est bien, vous avez assez mangé comme ça puis moi aussi.

Il range son fromage et son pain, essuie avec soin son couteau entre son pouce et son index, le remet dans sa poche et sort en refermant la porte. Aussitôt qu'elle le voit, Bergère s'avance. Elle a droit à son quignon. Elle sait que son maître ne l'oublie jamais.

Tandis qu'elle mange, il commence le harnachement. Et déjà son humeur tourne.

— Bon Dieu de maudits eux autres. Si y se figurent que ça va me déranger !

— T'as raison, le travail, c'est pas eux qui viendront nous le faire.

— Jamais personne m'a fait ma part. J'aurais plutôt fait la part des autres. Et je sens bien que c'est pas près de finir !

13

CYRILLE est de retour dans son abattis depuis plus de deux heures lorsque sa jument donne des signes d'inquiétude.

— Qu'est-ce que t'as donc?

Il cesse de travailler et tend l'oreille.

— Arrête de te secouer comme ça si tu veux que j'entende.

Il tire un peu sur la bride et Bergère cesse de faire sonner ses grelots.

– Ben quoi, c'est leur camion. Et alors, qu'est-ce que ça peut te foutre? T'inquiète pas pour ces oiseaux-là. Y feront rien chez nous, y a pas de ligne.

Son rire sonne faux. Avant de se pencher de nouveau sur la racine qu'il veut amarrer, il ne peut s'empêcher de grimper sur une souche et de lorgner en direction des maisons. Le camion est arrêté devant le premier lot.

— Victor Billon, il l'aura pas connue, lui, l'électricité. Et sa Marceline, elle en aura pas profité bien longtemps. Peut-être trois ou quatre ans... Bonsoir, ce qu'elle était heureuse d'avoir une couverture chauffante! Elle me disait : Rien que pour ça, tu devrais prendre un branchement, Cyrille. Quand on n'a plus personne pour vous tenir chaud, c'est bien agréable.

Il a un haussement d'épaules. Le singe est en train de démonter le fil qui va du poteau à la maison.

— Pauvre Marceline, ta couverture, t'en as plus besoin. Là où tu te trouves, t'as retrouvé ton homme... À cette profondeur-là, y fait jamais froid.

Cyrille saute par terre.

— J'aime mieux pas voir ça.

Il reprend sa besogne. Il est extrêmement calme. Simplement, de temps à autre, il jette un regard vers l'ouest. Le camion a disparu. Il doit être arrêté devant chez Koliare.

— Dommage que tu sois plus là, pauvre Michel. Tu les ferais courir à coups de fourche.

Sur le chemin, le gros homme à qui il a parlé ce matin marche lentement. Il passe par une brèche que l'hiver a ouverte dans la barrière du lot Mélançon et se dirige droit sur Cyrille.

— Qu'est-ce qu'il vient traîner sa bedaine par là, ce gros sac ! Si tu travaillais, t'aurais moins de graisse, fainéant !

Cyrille se baisse et passe une chaîne sous une racine. Il fait comme s'il n'avait rien vu. Il contourne cette grosse souche d'aulne noir et plante un crampon pour se donner un autre point d'ancrage. Les coups de masse sonnent net. Au bord de sa vision, il voit avancer l'ombre de l'homme. Il attache sa deuxième chaîne. Il se redresse. Ses mains sont terreuses. Son visage ruisselle. L'homme arrive. Il ne peut plus l'ignorer. Son poing se crispe sur le manche de sa masse. Le front plissé et l'œil mauvais, il lance :

— Qu'est-ce que tu veux, toi ? Y a pas de fil à récupérer ici.

— Je viens juste voir ce que tu fais.

— Je travaille... c'est pas tout le monde qui peut en dire autant.

Le gros hoche sa tête rouge et soulève sa casquette pour se gratter le devant du crâne.

— Je sais que ton travail est plus dur que le mien, mais...

— Tu crois ?

L'autre ignore le ricanement de Cyrille et poursuit :

— Tu sais, nous autres, on fait ce qu'on nous dit de faire. Moi, j'aime pas que les gens me détestent. C'est tout ce que je voulais te dire.

Cyrille lâche sa masse et avance de deux pas.

— M'en vas t'avouer une chose. Aujourd'hui, c'est la première fois que je regrette de pas avoir pris le branchement. Parce que je peux te dire que j'aurais eu plaisir à vous faire courir.

— Si tu l'avais eu, on nous aurait pas fait déposer la ligne. On peut pas couper le jus à un abonné. La loi s'y oppose.

— Tu parles, les lois, je sais pour qui elles sont faites.

Cyrille lui tourne le dos et va s'assurer que ses deux chaînes sont bien en place. Comme il se dirige vers Bergère, le gros lui dit :

— Si je comprends bien, t'es en train de défricher.

— T'es ben fin, toi, d'avoir deviné ça tout seul.

— Tu veux donc encore faire de la terre ?

Cyrille oblique et se rapproche de l'homme. Son œil hésite entre la raillerie et la colère, mais le visage du gros et son regard brun un peu trouble ont quelque chose de désarmant.

— Oui, je fais de la terre. Et je vois pas ce qui peut surprendre là-dedans.

L'autre lève son bras court et, d'un geste tournant, il désigne l'étendue des lots à l'abandon.

— C'est pourtant pas ce qui manque, les parties défrichées.

— C'est pas ce qui manque. Je le sais. Seulement, ces terres-là, elles sont pas à moi.

— Et tu crois que les propriétaires vont revenir ?

— J'en sais rien. Ça me regarde pas.

L'électricien marque une hésitation. Il semble qu'il ait à dire quelque chose qui ne veut pas sortir. Cyrille ne s'en soucie guère. Il poursuit son idée.

— Ça me regarde pas, puis je suis pas un voleur de terre, moi. Tant que j'en ai la force, je suis pour défricher.

— La terre des autres, tu préfères que le ministère y fasse replanter des épinettes.

Soudain très intéressé, Cyrille fait les trois pas qui le séparent encore du rougeaud. L'arrosant copieusement de salive, il lance :

— Est-ce que t'aurais vu ça, des fois ?

L'autre ferme un instant les yeux et fait oui de la tête.

— T'as vraiment vu des types qui replantent sur des anciens lots de colonisation ?

— Je l'ai vu.

— Quand donc ?

— Pas plus tard que l'automne dernier.

Un court silence pèse entre eux. Tellement épais qu'il repousse le chant des oiseaux et les grelots de la jument.

— Où ça ?

— À Villebois.

Cyrille paraît incrédule. Son visage grimace. Sa barbe remue dans tous les sens et son mégot baveux va trois ou quatre fois d'un bord à l'autre de sa bouche.

— À Villebois ?

— Sur le rang qui va vers le lac Turgeon.

Cyrille a déjà entendu parler de cette histoire un jour qu'il se trouvait au Magasin Général. Malgré tout, il insiste :

— T'es certain de ce que tu avances ?

— Je l'ai vu de mes yeux. Puis si tu crois que je te raconte des fables, tu peux demander à mes deux gars. Ils étaient avec moi.

Cyrille s'énerve.

— Y avait encore du monde, sur ce rang du lac Turgeon ?

— Personne. Les derniers étaient partis depuis les moissons.

Cyrille hésite. Il crache son mégot vraiment trop mouillé et en prend un autre sur son oreille. Comme il va pour craquer son allumette, le gros lui tend un paquet de cigarettes.

— Non. Je voudrais pas te faire offense, mais j'ai les bronches qui ont souffert. Ce tabac tout roulé, ça me fait tousser. C'est surtout le papier qui est pas bon.

Ils allument tous les deux au briquet de l'électricien. Après deux bouffées, Cyrille se décide :

— Et les maisons ?

La grosse main potelée fait un geste comme si elle passait sur un marbre.

— Place nette.

— Rasées ?

— Brûlées. Maisons et granges et tout. Même l'église. Puis après, un coup de bulldozer pour tout aplanir. C'est comme si y avait jamais eu âme qui vive sur ce coin de terre.

Une lame chauffée à blanc traverse la poitrine de Cyrille. Son regard parcourt tout Val Cadieu avant de revenir se planter dans les yeux un peu saillants de l'électricien. Son poing claque à l'intérieur de sa main boueuse.

— Ben, m'en vas te dire une bonne chose. Tu peux leur répéter, ça me gêne pas. Qu'ils s'amènent ici avec leur bulldozer et tout leur fourbi, y toucheront même pas une planche de clôture. J'ai un fusil qu'est pas fatigué. Et tu peux être tranquille que j'hésiterai pas à m'en servir.

Il crache sur le côté puis ajoute, les dents serrées, les paupières battant vite :

— C'est les terres des autres, mais j'y ai transpiré aussi. On a tout fait en commun. Je veux pas m'approprier le bien d'autrui, mais je tolérerai pas qu'on insulte notre travail.

Il s'emporte. Parce qu'il veut aller plus loin sans que sa toux vienne l'interrompre, il se contient. Il respire profondément et, d'une voix plus sourde, avec toute sa rage à l'intérieur de sa poitrine, il poursuit :

— Parce que le gouvernement et deux ou trois évêques s'étaient mis dans le crâne de nous faire abattre la forêt, on a abattu la forêt. On a ouvert des paroisses. On a bâti des églises. On a ouvert des chemins. Fallait faire un royaume, on l'a fait de peine et de misère. À cette heure, c'est ceux de la même engeance qui voudraient remettre la terre en forêt ! J'aimerais mieux crever... Mais pas avant d'en avoir vu crever quelques-uns avec du plomb dans le ventre !

Il est allé trop vite et trop fort. Ses bronches irritées l'ont trahi. L'autre le laisse tousser puis profite du moment où il reprend son souffle pour dire :

— Le malheur, c'est que les types qui viennent replanter, y sont comme nous autres pour la ligne, y sont pas responsables.

— J'en ai rien à foutre. Si j'avais besoin de ton électricité, je te ferais remettre tes fils de merde à coups de fusil. Je te jure que tu les remettrais plus vite que tu les as enlevés. Tout gros que tu es, je te ferais monter aux poteaux aussi vite que ton écureuil.

L'homme de la compagnie se met à rire.

— J'ai vraiment de la chance que tu prennes pas envie d'avoir du courant.

— Ça risque pas. Je crèverai avec ma lampe à huile et mes bougies... mais j'aime mieux te prévenir que c'est pas demain la veille.

Il se tourne vers Bergère qui commence à s'impatienter et secoue fort son collier sonore.

— J'ai une bonne bête. J'ai de la force et la terre, je peux encore en faire plus que tu voudrais en cultiver. Viendra vite un jour où on rigolera.

Le gros essaie de répondre, mais Cyrille ne l'écoute pas. Ce n'est même plus à lui qu'il parle.

— Hue Bergère ! Y nous ferait prendre la crève à se refroidir comme ça.

Il la pousse à droite, la ramène un peu sur la gauche.

— Allez, encore un coup. Hue !

Les chaînes se tendent. La terre se soulève et la souche bascule.

— Ho ! Laisse-moi couper le pivot.

Il empoigne sa hache et s'approche de la souche pour trancher la racine centrale.

— On travaille pas pour une compagnie de milliardaires, nous autres. On a de l'ouvrage. C'est pas les bavardages qui vont nous engraisser.

Il cogne à larges coups. Le gros l'observe sans rien dire. Lorsque la racine est coupée, Cyrille sort du trou.

— Salut, dit l'autre. Bon courage.

— Autant pour toi... Allez hue !

La jument s'arc-boute, plonge de l'arrière-train et tire à plein collier. La souche d'aulne noir achève de basculer et, sans ralentir le train, Cyrille et sa bête la tirent jusque vers le tas déjà haut dont le soleil au déclin allonge l'ombre sur la terre hersée profond par le passage des racines et le piétinement des sabots.

14

DEPUIS la visite de la trogne rouge qui traînait derrière lui une forte odeur de bière, quelque chose semble s'être emballé. Les journées s'ouvrent avant l'aube pour s'éterniser. On ne revient plus à midi. Cyrille emporte un morceau de pain et de fromage pour lui, une mesure d'avoine pour sa bête qui va boire dans les trous. Le soir, bien que le soleil se couche déjà très tard, on attend vraiment les dernières lueurs pour rentrer. Et Cyrille lance avec un grand rire :

— Si ça continue, ma belle, on travaillera à la lanterne.

On tire les souches, on sort les troncs, on traîne au plein milieu de l'abattis d'énormes tas de branchages que Cyrille a enfagotés de câbles. Essarter, faire de la terre nouvelle qu'il faudra défoncer et cultiver en plus de l'ancienne. L'ancienne que le soleil a ressuyée, qui attend qu'on s'occupe d'elle.

Comme toujours, la jument est menée sans la moindre brutalité, mais d'une main ferme, d'une voix dont le ton suffit à faire sentir que ce n'est pas le moment de traîner les sabots. Quelques coups de gueule, double ration de fourrage, toujours un sucre à l'instant où le moral a besoin d'un petit remontant. Pour Cyrille, c'est ce qui tient lieu de fouet. Et de grandes claques sonores sur la croupe et les épaules.

Même les mésanges et les pinsons ont compris que quelque chose était changé. La bande réglée comme l'était jadis le curé pour l'angélus arrive au mitan de la journée. Le rouge-gorge profite de l'aubaine, mais lui ne quitte pas le chantier d'une minute. Pas une larve déterrée ne lui échappe.

Et tout ce remuement sous un ciel limpide, dans un grand élan de sauvagerie et d'amitié superbes.

Un vent venu d'on ne sait quel horizon enfiévré déverse sur la contrée une lumière vivifiante. Un vent qui pénètre le corps et fouaille le sang. L'air est pareil à une boisson de feu, il donne des ailes, il lave en une courte nuit la fatigue d'une interminable journée. De la terre même doit monter un ferment qui nourrit, qui revigore.

Ce printemps inconnu chante mieux que les autres. Et ce vent de force et de joie enveloppe à la fois la jument, les traits, le char, les souches, le branchage, les outils et l'homme. L'homme qui croit mener avec ses gestes, ses jurons, ses caresses, ses récompenses et ses ordres. L'homme qui ne mène rien du tout, qui ne fait que suivre, se laisser porter au courant du fleuve, entraîner au rythme de cette grande force mystérieuse. Vient-elle vraiment, cette force neuve, du centre secret de la terre éventrée par le travail ? Vient-elle d'autres temps ? D'une époque endormie qu'a réveillée cette destruction de la ligne ?

Est-il possible que sourde tant de joie d'une époque où l'on a tant peiné ? De ces premières années de misère où les colons s'esquintaient pour forcer la porte du paradis promis, la porte de ce Royaume doré qui avait la gueule de l'enfer ?

Cyrille retrouve les cris, les appels, les jurons. Tout le

monde s'est remis à gueuler avec lui sur ce rang qui n'a pas encore de nom.

— Hue ! Tirez maudits chiens !

— Si on avait des bœufs...

— Si on avait un cheval...

— Si on avait un câble...

— Mon père, est-ce que vous m'autorisez à sacrer un bon coup pour que votre église soit bâtie plus vite ?

Il n'y a plus ni année ni saison, tout se mêle et se confond en une incroyable sarabande de travaux et de fêtes. Des travaux surhumains. Des fêtes merveilleuses qui se font avec trois fois rien mais qui n'en sonnent pas moins clair.

Le temps est aboli. La mort est sans pouvoir.

Bientôt, les hommes, les femmes, les enfants, les curés, les vieillards et surtout les bœufs et les chevaux qui ont vécu en ces lieux viennent joindre leur force à celle de Bergère et de Cyrille.

Ils se lèvent de derrière l'église ; ils reviennent des villes, ils reprennent les vieux trains de la colonisation. Tous débarquent en gare de Saint-Georges avec leurs baluchons mal ficelés après un interminable trajet dans les wagons de bois. On ne les parque pas dans les centres d'accueil. Personne n'a rien à leur dire. Ils connaissent le chemin. Ils se moquent des distances. Ils sont ici tout de suite et empoignent à pleins bras la besogne promise : le terrible combat contre la forêt.

Il y a des moments de vertige. Des instants où le pays bascule, tangue, semble vouloir se revirer. Cyrille s'arrête parfois. Il enlève son chapeau pour éponger son front.

— Vous voudriez me voir crever ! Rien à faire. C'est votre putain de forêt qui va crever.

— C'est les usines.

— C'est tous ceux qui sont venus pour profiter de notre sueur.

— T'as raison, au début, on les voyait pas, les métreurs, les géo je ne sais quoi, les comptables, les ingénieurs avec tout le gang des banquiers, des avocats, des vendeurs de maisons et de machinerie.

— On voyait que des colons comme nous qui faisaient reculer la forêt.

— Ceux qui s'enrichissent aujourd'hui, c'est sur notre misère qu'ils bâtissent.

Ils sont tous tellement décidés à mettre en culture des immensités, à ouvrir des milliers de nouvelles paroisses que la forêt en frémit jusqu'aux rives de la baie James. Ce n'est pas seulement Val Cadieu qui renaît, pas seulement Saint-Georges et la vallée de l'Harricana, c'est une vastitude sans limites qui déborde le Royaume du Nord. Les forêts dans leur totalité sont attaquées par des milliers d'attelages. Les forêts d'épineux, de résineux et de feuillus vont disparaître pour faire place à des rangs de culture. Bien plus loin qu'à perte de vue, les chemins sont tracés, rectilignes, parallèles, dont rien ne saurait troubler la parfaite géométrie. Les lots ne se comptent plus. Une multitude de laboureurs, de semeurs, de moissonneurs prennent possession de ces étendues, et toutes les bêtes calquent leur cadence sur celle de Bergère, tous les hommes accordent le rythme de leurs gestes à celui que Cyrille s'impose.

— Hue !

Le cri se répercute, repris à l'infini d'une emblavure à l'autre.

Derrière chaque charrue, des nuées de mouettes, de corbeaux, de pies et de carouges viennent aider au nettoyage du sol, à l'extermination de la vermine. Quand un oiseau donne le signal, tous s'envolent et ils sont tant et tant que le ciel s'obscurcit. La nuit passe sur la terre au moment où leur vol se déploie devant le soleil. Parfois, les chevaux inquiets s'arrêtent de tirer.

— Hue ! Hue donc !

L'écho des façades se renvoie les appels et les ordres, les multiplie, les expédie au loin de maison en maison. Car on a bâti des fermes et des granges dont les cheminées fument sur tout le pays sans limites.

Les arbres encore debout tremblent pour leur écorce, car les colons des années trente ont tellement lutté contre la forêt, ils l'ont si souvent vouée au diable que s'ils sont de retour avec leurs morts et leurs vivants, avec leurs vieilles haches et des outils flambant neufs, c'est vraiment pour la détruire jusqu'à la dernière pousse. Ils empileront d'énormes réserves de bois de charpente et de bois de chauffage ; ils en auront pour des siècles, mais plus jamais un arbre ne fera ombre sur ce sol.

Aucune multinationale, pas un gouvernement, pas une seule industrie ne viendra jamais replanter ici la moindre épinette. Personne n'osera rire de la sueur des défricheurs. Si le monde a besoin de papier pour imprimer ses annonces de crise, de guerre et de malheur, qu'il aille chercher ailleurs la matière de sa pâte. Ici, on ne verra plus pousser que le foin, les céréales, les pommes de terre et les choux. Plus une seule usine sur tout le territoire du Témiscamingue et de l'Abitibi. Les seules fumées sont celles des fourneaux où bout la soupe du soir, celles des fours où les femmes cuisent le bon pain qu'elles ont pétri à pleins bras.

Le soir serein descend sur cette fatigue démesurée qui étreint les bêtes, les hommes et les choses. A l'heure d'entre chien et loup, tous les attelages exténués regagnent les écuries dans les granges regorgeant de paille, de foin et de froment.

Rentrant lui aussi, Cyrille Labrèche salue les autres, on lui crie :

— Rude journée !

Il répond :

— Belle journée.

Il va en parlant à Bergère qui peut seule le comprendre vraiment.

— S'ils avaient connu les débuts. Le temps où on était seuls. Maudit, c'était autre chose !

Dans son écurie, à la lueur de sa lanterne, il bouchonne sa jument. Puis il examine les sabots.

— Donne... Bergère, donne ton pied.

Il dégage une pierre ou un paquet de boue desséchée. Et chaque soir il répète :

— Faut qu'on aille chez le maréchal. J'aime pas attendre la dernière limite. Je veux pas attaquer les semailles avant que tu sois chaussée à neuf.

Il parle avec l'envie profonde de se rendre à Saint-Georges, et, en même temps, un sentiment trouble qui stagne en lui. Des échos de certains propos et des visions qui se mêlent. Les lignes arrachées, les lots rendus à la forêt, les fermes incendiées, tout ça le taraude. Le besoin et la peur de savoir. Ces images qui viennent parfois chasser le rêve du retour en masse des colons assoiffés de travail.

— Faudra bien qu'on remette des lignes neuves, quand le monde reviendra.

— Tu parles. Ça sera pas si facile.

— Après tout, est-ce qu'on pourrait pas vivre sans électricité, comme je fais aujourd'hui, comme on a tous vécu dans les premières années ?

— Si tu te figures que les jeunes vont accepter ça. Mon pauvre Labrèche, tu te fais des illusions.

— Sûr que les hommes ne sont plus ce qu'ils étaient y a trente ans.

— Et les poteaux ? Qu'est-ce que t'en fais des poteaux ?

C'est vrai, de quoi ont-ils l'air, ces poteaux plantés tout au long des chemins avec leurs moignons de bras qui n'ont plus rien à porter ? Plus morts que des arbres morts. Plus morts que tous les enterrés qui reviennent si souvent empoigner la charrue sur les anciens lots. Tous ces gens qui renaissent aussi bien en plein soleil qu'au long des nuits. Dans les cauchemars de Cyrille comme durant ses journées épuisantes, les poteaux nus se dressent sur des ciels d'épouvante où dansent des lueurs d'incendie. Car on s'acharne à tout détruire pour rendre les terres à la forêt. Mais le courage des colons est sans limites. À mesure qu'on brûle, ils rebâtissent, à mesure qu'on replante des résineux ils les arrachent. L'ombre des épinettes est leur terreur. Ils répètent sans fatigue les mêmes gestes pour reconquérir les terres qu'ils avaient gagnées sur le bois et qu'on vient leur reprendre.

Pour Cyrille, c'est une vision qui avance dans sa vie comme dans ses rêves du même pas que lui, une vision qui assombrit souvent le ciel du printemps.

Deuxième partie

À L'HEURE DES ENGOULEVENTS

15

C'EST la pluie qui les a décidés. Elle s'est mise à crépiter sur les bardeaux du toit et contre les planches de la grange bien avant la naissance du jour. Bergère l'a entendue dans son demi-sommeil. Cyrille qui ne dormait pas l'a écoutée un moment tambouriner à sa fenêtre, puis il s'est levé. Et Bergère n'a pas été surprise de le voir arriver à l'écurie alors même que les poules n'avaient pas encore ouvert un œil. Bergère a bu et mangé et, à présent, elle va sur le chemin, tirant le char à deux roues à l'avant duquel Cyrille s'est assis, les guides en mains. La jument a sur le dos sa bâche toute passée et élimée, l'homme se tient voûté sous son vieux ciré. L'eau qui ruisselle de son chapeau goutte parfois sur le foyer de sa pipe qu'il rallume en s'abritant comme il peut. Un mauvais vent du sud-ouest pétrit l'averse. Une aube incolore et froide coule sur la forêt. Des lueurs de ciel courent le long du chemin, sautant de flaque en flaque et plongeant parfois au creux des fossés.

— Hue ! Va donc !

Par habitude, Cyrille lance son cri de temps en temps, mais rien ne modifie l'allure de Bergère qui va bon train pour se réchauffer. Car l'averse est glacée. Elle noie la forêt sous des franges grises qui pendent du ciel invisible.

Lorsqu'ils arrivent à Saint-Georges, le jour a fini de tirer d'entre ciel et forêt ses haillons de lumière triste. Bien des fenêtres sont encore éclairées. Les automobiles ont leurs phares allumés. Deux percherons énormes attelés en flèche s'en vont vers le pont en tirant un trinqueballe dont les bandages et les chaînes font un bruit terrible.

— C'est bien les derniers, grogne Cyrille. D'ici peu tout se fera au tracteur.

Chaque fois que Bergère a rencontré des chevaux par ici, ils étaient attelés par deux ou par quatre. C'est une manière de travailler qui ne ressemble pas à grand-chose. Depuis que les autres colons ont déserté Val Cadieu, Bergère a pris l'habitude du silence et de la paix. À peu près tout ce qui se passe en ville l'effraie.

— Doucement. Doucement ma belle.

Cyrille essaie de la calmer puis il saute du char et vient la prendre par la bride.

— Tu sais bien qu'on reste jamais longtemps chez les fous. On va être bons premiers chez le maréchal, on est déjà sûrs d'avoir pas à poireauter.

En effet, lorsqu'ils arrivent devant le vaste atelier noir de suie, tout y est encore silencieux. Les meules ne tournent pas. La forge n'est pas allumée. Joseph Remillard vient juste d'arriver. Il passe son épais tablier de cuir et retrousse les manches de sa chemise bleue sur ses avant-bras poilus. C'est un petit homme noir de moustache et de cheveux. Il sourit et découvre des dents qui paraissent très blanches dans sa face recuite.

— Y pleuvait dans ton lit ?

— Je voulais être le premier.

Le forgeron vient flatter Bergère avant de s'en aller vers sa forge.

Il tisonne le mâchefer et les cendres. De la poussière vole autour de lui. Il verse du charbon sur son foyer mort qu'il arrose d'essence. Une allumette jetée, et un gros « plouff » fait sursauter Bergère dételée que Cyrille vient d'attacher par la gueule à un fort anneau de métal fiché entre deux pierres du mur. Le moteur du ventilateur ronfle et des flammes filent vers le conduit à fumée, tout en haut de la hotte de tôle. L'homme s'en va remuer de la ferraille et revient en demandant :

— Paraît que t'es venu un jour où j'étais pas là ?

— Un lundi. Ça m'a surpris de pas te trouver

— J'étais allé dépanner un tracteur plus loin que Tascherau.

— Quand tu feras plus que ça, les chevaux qui resteront auront qu'à crever.

— Je continuerai toujours à ferrer, tu le sais. C'était le métier de mon père ; c'est le premier que j'ai appris. Moi aussi, je préfère les chevaux à la mécanique ; seulement, si j'avais que ça pour vivre...

Il s'éloigne vers sa forge et le bruit qu'il fait avec son ringard ajouté au grondement du moteur l'empêche d'entendre Cyrille :

— Moi j'ai que ça. Et je m'en arrange. Tu me donnerais tous tes tracteurs, j'en voudrais pas.

Il regarde vers le fond de l'atelier. Dans la pénombre, dorment des machines. Les unes rouges, les autres vertes, grosses ou petites, certaines recouvertes de bâches

— Des fois que ça viendrait à prendre de la poussière ou un poil de cheval...

Cyrille hausse les épaules et se tourne vers Bergère qu'il flatte doucement.

— Ma pauvre vieille... Le progrès, qu'ils disent. La mécanique partout, mais on arrache les lignes électriques, va comprendre.

Le forgeron revient avec sa caisse à outils montée sur trois pieds. Il la pose à côté de Bergère.

— Montre un peu.

Cyrille se baisse lentement. Sa main qui s'est posée sur l'encolure descend en tapotant. Bergère a un frémissement et un petit mouvement pour s'écarter. Son œil inquiet fixe le foyer d'où montent des gerbes d'étincelles.

— Allons, fais pas l'andouille.

— Alors, Bergère, dit le maréchal, tu vas pas tirer au renard, non.

La voix est grave avec des intonations chaudes. La main de Cyrille est descendue le long de la jambe jusqu'au paturon qu'elle caresse encore avant de l'empoigner. De l'épaule, Cyrille s'appuie contre la cuisse de Bergère et pousse pour l'obliger à porter tout son poids sur les trois autres pattes. Le pied remue, hésite encore puis les muscles frémissants se détendent et la bête se laisse faire. Cyrille passe la bricole sous le sabot et, aussitôt, le maréchal tapote sur le fer à petits coups de brochoir pour prévenir Bergère que le travail va commencer. Ce n'est pas la phase de l'opération qu'elle redoute le plus. Les coups secs qui font sauter les vieux clous, les branches des tricoises qui se glissent entre le métal et la corne pour enlever le vieux fer, les coups de marteau sur le repoussoir pour extirper les morceaux de clous cassés, tout ça n'est rien. Rien non plus le travail du tranchoir et la grosse râpe qui vont parer son sabot. Ce qui l'effraie toujours en dépit d'une longue habitude, c'est l'arrivée du fer tout rouge qui va faire fumer son pied. Pas de douleur, mais le grésillement, la fumée et ce feu si près de son flanc l'ont toujours terrorisée. Sans la présence rassurante de Cyrille, elle serait capable de se débattre, de tirer de la gueule sur cet anneau qui lui tient le nez au ras du mur noir.

Tandis que le forgeron continue sa besogne, alors qu'il va et vient de la bête à la forge et de la forge à l'enclume, saisissant les moments où la masse ne sonne pas, Cyrille parle de ceux qui sont venus enlever la ligne. Le forgeron se redresse. Ils viennent de terminer un fer et Cyrille repose le pied de Bergère. Joseph fronce un peu ses épais sourcils. Il a un visage lourd avec des lèvres épaisses. Ses yeux sont aussi noirs que le charbon de sa forge. Sa main où des milliers d'étincelles ont incrusté de minuscules étoiles noires empoigne le bras de Cyrille qu'il secoue avec amitié.

— T'es comme moi, t'as la tête dure. Seulement toi, t'es tout seul. Puis des fois, tu vas trop loin.

— Trop loin de quoi ?

Cyrille est ironique. L'autre hoche la tête.

— Tu peux rigoler, va. Y s'en foutent. Un malade qui a décidé de crever tout seul, ça les dérange pas. Ceux qui veulent ta terre peuvent attendre.

— C'est pas leur ligne qui va rien changer.

Le forgeron empoigne une longue pince qu'il fait tourner dans sa main à hauteur de visage.

— Tu vois ça. Ben si j'essaie de pas m'en servir, je me brûle la main. Et je suis foutu. Ben toi, c'est ce que tu fais.

Cyrille veut intervenir, mais l'autre élève la voix :

— Va donc demander à Hauris Langlois et à Camille Martin comment ils ont fait. Ils l'ont su avant, qu'on voulait leur enlever la ligne. Ils sont partis tous les deux au bureau de la Compagnie. Ils ont dit : Le premier qui vient replanter une maudite épinette sur une terre défrichée, on lui tire dessus. Et y sont repartis.

Cyrille s'est mis à trembler.

— L'électricité, je m'en fous. Seulement pour replanter ou brûler une grange, qu'ils y viennent. Moi aussi j'ai un fusil. Et je sais tirer.

Le forgeron a repris sa besogne. Il apporte un fer tout rouge sur l'enclume. Avant de lever sa masse, il dit encore :

— Tiens, si tu veux le voir, Hauris, y va venir cet après-midi pour son attelle de tracteur...

— Tracteur mon cul, rugit Cyrille. Après midi, je serai de retour chez moi. La besogne attend pas. C'est elle qui commande.

— Tu fais comme tu veux, mais y te donnerait des conseils.

— J'ai besoin de personne pour prendre mon fusil.

Le forgeron va remettre son fer dans le foyer et revient vers Cyrille.

— Ce qu'il faut, c'est pas te mettre dans le cas de tuer un type. Faut faire peur. Faire savoir que t'es en sacre et que t'hésiteras pas à tirer.

— Je l'ai dit au type de l'électricité.

Le maréchal se met à rire.

— Alors tout le monde va le savoir. Puis moi je vais le dire à ceux qui viennent ici. Et personne aura de mal à nous croire dans un pays où tout le monde te prend pour un fou.

Il retourne chercher son fer, et il faut bien les bruits conjugués du ventilateur et des coups de marteau pour couvrir la voix de Cyrille qui s'est mis à brailler.

Bergère essaie de tourner la tête pour regarder son maître, mais elle est attachée trop court. Et comme ce sont les sabots de derrière que l'on ferre à présent, elle ne peut même pas, tandis qu'il lui tient le pied, poser son nez sur son dos pour tenter de l'apaiser un peu.

16

LORSQUE Bergère ferrée à neuf quitte la cour de la maréchalerie en tirant son char, Cyrille la tient ferme par la bride. Il marche la joue contre la joue de sa jument, grignant des lèvres sur un reste de colère qu'il mâchonne comme il ferait du tuyau de sa pipe.

— Crime ! Je suis peut-être fou, mais j'en connais une trâlée qui valent pas mieux.

Il épie à droite et à gauche.

— Si vous croyez que je vous vois pas me guetter !

Pas de doute : toute la ville est dissimulée pour le regarder passer. Pas une vitrine, pas une fenêtre, pas une porte qui ne soit attentive à ses moindres gestes.

Sous le déluge ininterrompu, les automobilistes et les camionneurs ralentissent pour mieux l'espionner. Ça n'empêche pas les roues de soulever des gerbes d'eau et de l'arroser comme s'il était invisible.

— Salauds ! Tous des salauds ! Le diable pas pire !

Les rues de Saint-Georges sont asphaltées. Les hauts trottoirs de bois ont disparu. Il ne reste plus d'espace entre les bâtisses à étages dont très peu ont encore des allures de maison.

— De quoi ça a l'air, ces boîtes à biscuits ? Ça veut jouer à la grande ville... Si y avait pas eu des colons avant vous autres pour ouvrir le pays, vous seriez pas tant fiers !

— C'est tout du monde qui se croit arrivé.

— Y peuvent me regarder, je sais encore vivre comme un homme, dans une maison avec un toit.

— T'inquiète pas, ça va pas tarder qu'ils y reviennent tous, à des vraies maisons avec de la terre autour pour les nourrir.

— Seulement la terre, faut la retourner.

— On leur apprendra à coups de bottes où je pense, comme dirait Koliare.

Les reflets des enseignes lumineuses s'éparpillent en étincelles à chaque passage de voiture.

— Y s'en gaspille, de l'argent, pour vendre des cochonneries.

— On peut même plus avoir un curé sur nos paroisses, même plus entretenir une église et ici ils ont une cathédrale. Je t'en foutrais, moi, des cathédrales !

Née la première des villes du pays, Saint-Georges en est devenue la capitale. Les métaux des profondeurs ont attiré ici bien du monde. Prospecteurs, entrepreneurs et commerçants de toutes sortes. La forêt aussi est source de profit. On l'exploite pour le papier, pour le bois d'œuvre et surtout pour les fibres et les agglomérés. D'étranges usines se sont mises à salir le ciel. Elles absorbent des milliers de camions de beaux arbres et restituent des panneaux qui ne sont plus vraiment du bois. Cyrille voit fleurir ce matériau sur tous les chantiers de construction. Il en a même vu arriver jusque dans la maison des Garneau. Martin n'était pas enterré depuis trois mois que la femme de François réclamait une cuisine de son époque.

— Belle époque, sacréyé !

François a osé utiliser cette cochonnerie qui ne ressemble à rien pour remplacer les planches que son pauvre père avait eu tant de mal à polir avec un cul de bouteille.

— De quoi crever de honte, oui !

— De quoi faire dresser les cheveux sur la tête de Martin jusque dans sa tombe.

— La sueur des vieux, ça vaut pas lourd !

— Et tout ça pour foutre le camp.

— L'aggloméré de je ne sais quoi de merde, il y est toujours, dans la cuisine, mais la cuisine est vide, à cette heure.

Un jour, Cyrille Labrèche a explosé en pleine rue, à Saint-Georges, contre tout ce qui l'exaspère. Ses éclats de voix ont provoqué un petit attroupement. Parmi les curieux, se trouvait une vieille femme qui a lancé :

— C'est Labrèche de Val Cadieu. Laissez-le s'égosiller, c'est un exalté !

Le mot est resté. Ici, ceux qui ignorent son nom mais connaissent sa dégaine, sa jument et son vieux char grinçant ne l'appellent que l'exalté. On sait qu'il vit seul sur le rang le plus nordique. On raconte qu'il attend sa femme et ses enfants depuis trente ans. On se demande si ce n'est pas lui qui a fait fuir les autres colons et on conclut qu'il n'a certainement pas toute sa tête.

Pourtant, en général, on est assez fier des anciens. Fiers d'habiter un pays qui s'est fait en un demi-siècle. On fête les anniversaires de naissance des villes et des villages, on va interroger les premiers colons retirés dans des foyers de l'Âge d'or, mais personne ne saurait prendre au sérieux un obstiné qui s'accroche à son lot, à son cheval et à sa lampe à huile. Le pays dont on s'enorgueillit, ce n'est plus celui des labours entre les souches, c'est celui des bureaux, des fonctionnaires, des laboratoires, des restaurants, des beaux magasins, des cabinets de comptables, de géologues, d'assureurs et de banquiers.

Ici, des fortunes s'édifient, mais nul jamais ne s'est enrichi pour avoir essarté et labouré. La plupart des enfants de colons rejoignent les nouveaux arrivés qui admettent que les hivers sont trop longs et trop vigoureux pour que la culture puisse être d'un bon rapport. Les seuls qui réussissent à s'en tirer à peu près avec la terre font de l'élevage, et encore leur faut-il un fameux courage.

Alors, toute la vie de la contrée s'est repliée sur les cités de mines, d'usines, de commerces et de bureaux. Pour Cyrille Labrèche, tout ça ne sera jamais du travail. Il lorgne avec mépris cette ville qui l'ignore. Une ville sale qui poursuit sous l'averse glaciale son existence grisâtre que ne réchauffent pas les reflets multicolores des vitrines illuminées.

17

QUAND Cyrille arrive devant l'entrée principale du Magasin Général, il est encore très énervé. La pluie n'a pas cessé. Il s'assure que la bâche de Bergère est bien en place puis, à gestes brusques, il s'en va serrer la mécanique de son char.

— Tu vas m'attendre là. J'en ai pas pour longtemps.

Il entre, prend un de ces grands paniers en métal qu'il déteste et contourne les deux portillons de sortie où les caissières tapent sur des claviers. Il grommelle sans arrêt. Il ne connaît plus personne ici. Toujours perdu dans ces rayons et parmi ces produits qui tous lui paraissent de médiocre qualité. Lui, ce qu'il veut, c'est du sel, du sucre, de la farine, de l'huile, des nouilles, du riz. Il avise un garçon d'une quinzaine d'années occupé à empiler des boîtes de lait.

— La farine, où elle est ?

Le garçon montre le haut des étagères.

— Juste de l'autre côté.

— J'en viens. Y a que des petits sacs. J'en voudrais un gros.

Le garçon se décide à bouger. Cyrille a envie de l'empoigner par un aileron pour le remuer un peu. Le mollusque se déplace dans de la graisse consistante en mâchant de la gomme. Il montre à Cyrille les sacs qu'il a vus.

— En voilà.

— Je te dis que j'en veux un gros sac. Je veux remonter le four et me mettre à faire mon pain. Je veux un sac de trente livres, quoi !

Le gamin s'arrête de mâcher. Des yeux comme si on venait de lui apporter la planète Mars dans un carton. Il bredouille :

— Faire du pain... ben alors !

— Où il est Steph ?

— M'sieur Robillard ?

— Oui.

— L'est au bureau.

Cyrille abandonne son panier à moitié plein et fonce en gesticulant entre les clientes interloquées.

— Pas étonnant que le monde crève. Tous fainéants et compagnie.

Au fond du magasin, Cyrille grimpe un escalier d'une dizaine de marches pour atteindre un couloir où il pique directement sur la première porte « Direction ». Il entre.

Assise sur le rebord d'une chaise de métal, une fille qui lui tourne le dos est occupée à écrire sur un bloc. Derrière le bureau, Stéphane Robillard parle. Il tient une règle de la main droite et tape avec dans l'intérieur de sa main gauche. Il lève un œil plein de colère qui s'éclaire aussitôt.

— Salut le sauvage.

— Salut.

— Qu'est-ce qu'y t'arrive ?

La fille a un regard étonné en direction de Cyrille.

— Je cherche de la farine.

Steph se met à rire. Il se lève. La large fenêtre qui se trouve derrière lui donne sur le magasin. Comme il se tourne pour regarder et désigner un rayon, Cyrille dit :

— Chaque fois que je te vois, t'as engraissé de dix livres.

Stéphane pose une main sur son ventre, de l'autre il triture un double menton qui retombe sur son col.

— J'étais vraiment pas fait pour rester le cul sur une chaise dans un bureau.

Il semble avoir oublié la farine. Son regard clair revient sur Cyrille.

— Toi, c'est plutôt le contraire, t'auras bientôt plus que les os.

Il regarde la fille.

— Tu peux aller, je te rappellerai.

La secrétaire se lève et sort. Dès qu'elle a passé la porte, Cyrille qui s'est assis à sa place lance :

— Du temps de ta mère, un vendeur aurait pas causé à un client avec de la gomme-balloon plein la bouche.

— Aujourd'hui, mon pauvre vieux, on peut rien y faire.

Comme Cyrille commence à raconter l'histoire des électriciens qui ont enlevé les fils, Stéphane l'interrompt :

— Tu devrais aller en parler à ma mère. Ça va l'intéresser, ça. Puis elle sera contente de te voir. Elle sort plus de chez elle.

— J'irai. Mais j'ai pas beaucoup de temps.

Ils reviennent à la farine et, quand Cyrille annonce qu'il veut se remettre à cuire au four, Stéphane Robillard a à peu près le même haut-le-corps que le garçon de rayons.

— Ben quoi, je vais pas crever de faim tout seul. J'ai pas le temps de venir ici. Je veux faire de la terre.

Il se lance dans son discours sur la crise qui va revenir et la nécessité d'agrandir son lot. Stéphane se lève.

— Ça aussi, tu devrais en parler avec ma mère.

Cyrille a compris. Il n'est pas seul à être pressé par le travail. La différence, c'est que celui qu'il fait ne l'amène pas à prendre du ventre.

— De la farine, si tu veux, je peux t'en commander un sac. Seulement, y sera pas là avant dix jours.

Cyrille s'est déjà tourné pour sortir lorsqu'il se reprend soudain.

— Dis donc, à ton rayon de chasse, t'as des bonnes chevrotines ?

— Naturellement. C'est pour quoi ?

— Pour mon fusil, pardi !

— Je m'en doute. Mais c'est pour tirer quoi ?

Ils se trouvent face à face, très proches l'un de l'autre. Le visage de Cyrille se contracte. Toute sa peau se froisse comme une vieille blague vide qu'on serre dans sa main. Le regard vif plonge dans les yeux étonnés de Steph. Sa voix siffle lorsqu'il lance :

— C'est pour tirer des types.

— Des types ?

— Oui.

Le visage de Stéphane s'est assombri. Il hésite un instant avant de demander :

— Qu'est-ce qu'il y a, on est venu te voler ?

Cyrille a cessé de se contrôler. Tout se met en mouvement. Son débit se fait brutal. Une pluie de postillons fait reculer le marchand.

— Ça se pourrait que des salauds viennent voler nos terres. Des salauds du gouvernement à la solde des grandes compagnies qui voudraient tout remettre en forêt ce qu'on a défriché. La sueur et le travail et tout, ça compte plus.

Steph qui le connaît bien le laisse aller au bout de son propos que la toux vient interrompre. Cyrille qui n'ose pas cracher par terre tire de sa poche un morceau de tissu crasseux et déchiré qui lui sert surtout à essuyer ses mains boueuses avant de rouler ses cigarettes.

— Fais pas de blagues, Cyrille. Ce serait trop con d'aller finir ta vie en prison...

— M'en fous. Puis je tirerai aussi bien sur les gendarmes.

Stéphane se met à rire.

— T'as même pas besoin d'acheter de la chevrotine. Je vais raconter partout que t'en as pris une grosse provision pour ceux qui voudraient remettre Val Cadieu en forêt. T'inquiète pas, ça suffira pour les décourager.

Cyrille fronce les sourcils. Il s'approche encore de Steph qui a les fesses contre le rebord du bureau. Il l'empoigne par le revers de sa blouse blanche et le secoue en criant :

— Oui, parce que tout le monde dit que je suis maboul... Tu crois que je le sais pas, comment on m'appelle, à Saint-Georges ? Hein, tu le crois ?

Stéphane Robillard qui le domine d'une bonne tête pose sa grosse main sur le poignet maigre. Il ne serre pas. Sa pression est plutôt amicale. Sa voix est parfaitement calme.

— Allons Cyrille, t'emporte pas. Tout le monde ici sait ce que t'as enduré. Et tout le monde te respecte. Ça tombe bien que tu sois venu, je voulais justement te voir.

— Moi ? Ben dis donc, tu sais où me trouver.

Cyrille lâche la blouse de Robillard qui dit doucement :

— Assieds-toi une minute.

— J'ai pas beaucoup de temps.

L'épicier connaît bien Labrèche. Son propos ne saurait avoir le même pouvoir apaisant que le hennissement de Bergère ; pourtant, sa voix sait se faire chaude et enveloppante.

— Y a trop longtemps qu'on se connaît pour que tu me refuses cinq minutes.

Cyrille s'assied. Il se tient sur le bord, comme s'il redoutait d'user le dossier. Il grogne :

— Je sais que je te dois beaucoup. A toi puis à ta mère.

Et puis je devais beaucoup à ton pauvre père aussi...

L'autre qui a regagné sa place l'interrompt :

— Tu nous dois rien. On s'est rendu des services les uns les autres à une époque où on pouvait pas vivre sans s'aider.

— C'était le bon temps.

— Ça m'arrive aussi de le regretter.

— Tu peux pourtant dire que t'as réussi.

Le gros homme hausse ses lourdes épaules. Son visage épais fait une moue.

— Réussir, qu'est-ce que ça veut dire? Réussir à rester le cul sur une chaise pour avoir trois sous de plus.

Il se tait. Un court silence passe. A travers la vitre, on entend les bruits atténués du magasin dominés par la sonnerie des caisses enregistreuses.

— Justement, reprend Steph, c'est du temps des débuts que je voulais te parler. Figure-toi qu'il y a un instituteur qui s'est mis en tête de faire écrire par les élèves l'histoire du pays. Y sont venus m'interroger, ils veulent voir ma mère et pas mal d'autres.

Cyrille a froncé les sourcils. Hargneux, il lance :

— Qu'est-ce que ça peut foutre aux gens, ce qu'on a enduré. Y veulent nous reprendre nos terres.

Sans colère, Steph élève un peu la voix.

— Parle pas toujours de ça, Cyrille. C'est pas les gosses de l'école qui veulent te prendre ta terre. Ce qu'ils veulent faire, c'est justement pour qu'on puisse jamais oublier ce que certains ont connu. Faut pas que les gens comme toi soient oubliés.

Pendant un bon moment, avec beaucoup de patience, Robillard parle à Cyrille de la fierté qu'ils peuvent avoir en commun. De la grandeur de ce Royaume du Nord, même si les choses ne vont pas sans que certains se sentent victimes de beaucoup d'injustices.

Cyrille demeure sur la réserve. Il se lève en disant :

— Je vais passer chez ta mère. On verra bien ce qu'elle en pense.

Steph l'accompagne jusqu'à la porte qui ouvre en haut du petit escalier. Avant de descendre, Cyrille se retourne et demande, l'œil soupçonneux :

— T'es certain que si j'étais pas venu, t'aurais pensé à moi ?

— Tu demanderas à ma mère. Puis à l'instituteur si tu veux.

Cyrille descend. Il sent au fond de lui quelque chose de nouveau. Comme une espèce de chaleur qui commence à grandir. Il se retourne. Steph a déjà disparu.

— Tout ça, c'est bien beau, mais je m'en vais tout de même prendre des cartouches. Y en a peut-être qui s'intéressent à nos débuts, mais j'en connais qui reluquent plutôt du côté de nos terres. Et ceux-là, je veux avoir de quoi leur parler aussi.

Il se dirige vers le rayon où l'on vend des bottes, des imperméables, des fusils, des cannes à pêche et des moulinets. Là, ce n'est pas le libre-service. Derrière une banque, se tient une espèce d'empoté comme on n'en rencontre qu'en ville.

— A la terre, ça tiendrait deux jours. Et encore, je suis généreux.

Cyrille lui demande des chevrotines.

— Je veux ce qu'on prend pour chasser l'orignal. J'en veux trente.

L'homme ouvre un tiroir et commence à compter les cartouches. Cyrille en prend une et l'examine en la faisant sauter dans sa main ouverte.

— Avec ça, un type mettons gros comme toi, est-ce que tu crois que je le transperce ?

L'autre qui est assez épais a un regard machinal vers

son abdomen, puis il lève les yeux vers Cyrille avec un petit rire stupide.

— Faut pas rigoler, mon petit gars. Si tu rencontres des gens qui parlent de venir replanter du résineux du côté de Val Cadieu, tu leur diras que Labrèche a ce qu'il faut pour leur couper l'appétit.

L'autre a vraiment l'air de ne rien comprendre.

— Mets toujours ça sur mon compte.

L'homme remplit un bordereau. Cyrille le signe. Sous sa signature, il écrit en gros caractères : « Gardien de tout Val Cadieu. » Et il souligne *tout* d'un trait bien appuyé.

18

CYRILLE a chargé ses provisions sur son gros char. Tout est dans trois cartons bien clos qu'il a recouverts d'une bâche.

Juste à l'angle du Magasin Général, il s'engage dans la quatrième rue qui monte vers la cathédrale. Bergère donne un coup de collier. Ses fers tout neufs sonnent sur le macadam où l'eau ruisselle. Le bruit rappelle à Cyrille ses chevaux de Montréal et tous ceux qui partageaient le même sort.

— Bonsoir, tu connais pas ta chance, toi. T'es plus heureuse de patauger dans les terres... Et puis moi aussi. Seulement moi, je le sais.

Ils ne montent pas longtemps, tout de suite après la grande bâtisse des entrepôts Robillard, Cyrille tourne à gauche et fait entrer son attelage dans une cour où deux camions sont à quai, deux véhicules peints en bleu et portant en blanc l'inscription qu'on lit également sur la bâtisse : « Robillard et Fils Lté. »

— On voit que le monde a des sous à mettre dans le commerce.

Il contourne les camions et va attacher Bergère à la barrière d'un petit jardin encore à peu près nu.

— Reste tranquille, ça sera pas long.

La jument le regarde s'éloigner. Elle courbe le cou sous l'averse et rabat ses oreilles en avant. Cyrille se dirige vers une maison repeinte à neuf. Elle a été bâtie voici une dizaine d'années. Derrière, on a laissé le petit campe de bois rond construit par Raoul Herman, le trappeur amoureux du Nord. Cette baraque minuscule et délabrée a l'air d'un vieux jouet oublié entre des immeubles neufs. Cyrille s'arrête un instant au pied de l'escalier.

— Certain que c'était quelqu'un, celui-là.

Il monte les quelques marches et sonne. Un pas rapide claque et tout de suite la porte s'ouvre. Une vieille femme sèche et raide comme un piquet le toise un instant, le front et le nez plissés. Elle chausse de petites lunettes de métal qui pendent à un cordon passé derrière sa nuque. Elle lève encore le menton et s'avance d'un pas pour mieux voir.

— C'est toi, Labrèche, t'as choisi le beau temps.

Elle s'efface pour laisser entrer Cyrille.

— J'ai choisi le temps qui fait pas perdre de temps.

Cyrille referme derrière lui. L'entrée exiguë est encombrée par un gros coffre recouvert de peau d'orignal, par un fauteuil de jardin et un portemanteau appliqué à la cloison. Désignant d'un geste autoritaire une des patères en fer forgé, Catherine ordonne :

— Accroche ta pelure et ton chapeau, tu vas tout me tremper.

— Je peux enlever mes bottes.

— Ça empesterait trop. Attends une minute.

Elle disparaît pour revenir avec une serpillière qu'elle jette par terre.

— Tiens, essuie-toi comme il faut... Viens à la cuisine.

Elle précède Cyrille en expliquant :

— C'est pas le moment de tout salir, j'ai plus personne pour nettoyer. On me cherche une femme, mais pour trouver des gens convenables et qui vous volent pas, c'est pas rien. Assieds-toi là.

Elle désigne une chaise à côté d'une petite table aux pieds de métal chromé et au dessus de matière plastique beige. Cyrille s'assied.

— Et la grosse Landry ?

Catherine s'étonne :

— Tu sais jamais rien, toi ? T'es vraiment un sauvage ! Ça fait plus d'un mois qu'on a été obligé de l'hospitaliser. Elle avait plus sa tête. Le docteur m'a dit : Elle vous foutra le feu à la maison.

— Pauvre femme.

— Complètement folle. Elle racontait que son fils et sa fille étaient morts noyés dans la mine avec son homme.

Catherine s'est assise près de la fenêtre, dans un petit fauteuil recouvert de cretonne verte. Elle parle un long moment de la folie de Justine Landry. À plusieurs reprises, Cyrille essaie de l'interrompre en disant :

— On a tous nos malheurs, figurez-vous...

Il ne pense plus guère à ce que lui a dit Stéphane. Il est surtout ici pour parler de ceux qui veulent lui prendre sa terre, mais la vieille femme ne lui laisse pas placer trois mots. Dès qu'il se lance, elle élève la voix et fait un geste sec de la main pour lui intimer l'ordre de se taire. Sans s'interrompre un instant, elle va jusqu'à une tablette sur laquelle est posé un gros poste de T.S.F. ancien. Elle se penche et empoigne sur le rayon du bas un grand livre à couverture brune qu'elle vient poser devant Cyrille. Elle dit :

— Le jour où Raoul lui ramènera son garçon, elle sera guérie. Le tout, c'est qu'elle tienne jusque-là.

Cyrille fronce les sourcils. Il a peur d'avoir mal compris. Timidement, il bredouille :

— Vous voulez dire, Raoul... avec Timax.

— Naturellement.

— Vous savez, à présent...

La vieille se redresse. De toute sa hauteur, elle le fixe durement.

— Comment, tu vas pas me dire que je divague? Que ceux qui n'ont pas connu mon frère me racontent des sornettes, passe encore, mais toi!

Très gêné, la regardant en tordant un peu le cou, Cyrille dit :

— Moi, je sais pas grand-chose.

— Alors, justement, ne dis pas n'importe quoi.

Il y a, sur une cuisinière électrique blanche, une petite casserole qui bat du couvercle en dégageant une bonne odeur que Cyrille ne parvient pas à identifier. Une odeur qui fait venir la salive à la bouche. Catherine va tourner un bouton de la cuisinière et revient en disant :

— Depuis que Steph m'a apporté ça, je sais très bien par où ils ont filé.

Elle ajuste ses lunettes et se penche pour ouvrir le livre à une page marquée par une enveloppe. Sa longue main toute ridée aux veines très bleues et saillantes se pose à plat sur une double page qu'elle balaie plusieurs fois de droite à gauche et de gauche à droite.

— Tu vois, ça, c'est tout le Canada.

Sa main se soulève puis son index pique un point sur la page de droite.

— Nous autres, on est ici.

Le doigt maigre qui tremble un peu monte vers le haut de la page où se dessine une tache bleu clair

— Ils sont partis par là.

Cyrille, qui revoit les deux fugitifs à la veille de leur départ, essaie d'imaginer leur trajet. Il suit l'index. Il lit des noms qu'il a déjà entendus. D'autres qui ne lui rappellent rien. Le doigt s'arrête. La voix de la vieille ne tremble pas. Elle est presque joyeuse.

— C'est là que Raoul a tué les policiers. On a retrouvé les corps. Et on a retrouvé un des chiens que Raoul avait empruntés à Massard.

— Je sais, c'est Massard qui l'a reconnu.

Le regard de Catherine s'éclaire. Son visage sourit de mille rides.

— Si Raoul et Timax avaient été tués, on les aurait retrouvés aussi. Mais rien du tout. Ni leur traîne ni l'équipage des policiers. Massard me l'a encore répété y a deux ans, juste avant de mourir, quand je suis allée le voir à l'hôpital : Avec Amarok et des chiens pareils et un meneur comme Raoul, ils pouvaient aller plus loin que le pôle Nord.

Elle tire une chaise et prend place à côté de Cyrille. Son couvercle de casserole a cessé de tambouriner. L'averse roule sourdement en enveloppant la maison tiède. De temps en temps, une gifle rageuse vient fouailler la fenêtre.

— Le pôle Nord, tu parles, pas si fous. Qu'est-ce qu'ils seraient allés y faire ? Hein ?

Comme son regard interroge, Cyrille hausse les épaules.

— Ma foi ! On doit pas pouvoir y tenir des années.

Il commence à prendre intérêt au récit de Catherine. Ce qu'il était venu lui dire est moins présent.

— Pas si bête, mon Raoul, d'aller se perdre là-haut.. Tu vois ça, c'est la baie d'Hudson. En hiver, c'est tout de la glace. Alors, c'est par là qu'ils ont traversé.

Sa main qui s'est remise à trembler part vers la gauche et s'arrête sur une ligne courbe.

— De ce côté-là, des pistes, y en a partout. Tous les coureurs de bois te le diront.

La main repart.

— Ici, c'est l'Alaska.

— Je sais.

— Et l'Alaska, c'est plus le Canada. C'est les États. Ben c'est là qu'ils sont allés.

— C'est bien possible. En tout cas, avant de partir, ils ont logé chez moi.

— Je sais, tu les as aidés.

— J'étais pas tout seul. Tout le rang était pour eux contre la police.

L'évocation de ce temps fait se lever en lui des images qui ramènent à la surface ce qu'il avait à dire :

— À cette époque, y avait de la vie, à Val Cadieu. À présent, figurez-vous qu'ils voudraient remettre nos terres...

Catherine n'écoute pas, elle suit son idée :

— Depuis là, tu fais ce que tu veux. Tu peux t'embarquer pour New York ou pour la Chine si le cœur t'en dit.

Cyrille aussi a cessé d'écouter. Il a la tête qui sonne un peu parce qu'il essaie de retrouver de quoi Steph lui a parlé. Mais l'idée des terres remises en forêt obstrue tout. En même temps que Catherine, il parle :

— Je viens même d'acheter des cartouches. Si y veulent venir, je vais pas me gêner pour leur plomber les fesses.

— Raoul, y parle anglais. Moi je sais qu'il est aux États avec le petit. Je le sens là. Ça trompe pas.

Elle porte ses deux mains sur sa poitrine plate. Cyrille la regarde, il regarde la carte rose, beige et bleue, mais c'est son rang qu'il voit.

— De la terre, je veux pas leur en donner, au contraire, je suis en train d'en faire.

— Y sont sûrement dans l'Ouest. Et tu peux croire que des sous, ils ont dû en faire.

— Je suis sûr que la crise va pas tarder. Des colons, y va en revenir autant que quand on est arrivés.

— Un jour, le téléphone va sonner. Ce sera Raoul. J'ai

quatre-vingt-six ans, Labrèche, ben je peux te jurer que même s'il est aux cinq cents diables, j'irai le voir. Si y peut pas venir, j'irai. Puis j'emmènerai Justine.

— Moi, vous savez, à mon âge, je suis pas foutu, de la terre, je peux encore en faire.

Ils vont ainsi un long moment, chacun suivant son chemin sans se soucier de l'autre.

Cyrille parle de Val Cadieu où tout va bientôt revivre, où la cloche va se remettre à sonner, Catherine parle des trains, des bateaux et des avions qu'elle est capable d'emprunter pour aller voir son frère.

— J'ai quatre-vingt-six ans, mais je sais que je vais pas quitter ce monde sans l'avoir revu.

Elle se lève lentement et s'approche de la fenêtre. Son visage sillonné de rides minuscules et innombrables est très pâle.

Son regard clair s'est absenté. Elle se tient raide dans sa robe noire toute droite. Son cou maigre sort d'un étroit col blanc. Une fine croix d'or scintille sur sa poitrine. Ce n'est plus à Labrèche qu'elle s'adresse :

— L'Alaska, pour Raoul, c'est rien du tout. Je le connais. D'ailleurs, Massard me l'a répété vingt fois : Pour mener des chiens, y a pas deux hommes comme votre frère.

Cyrille s'est arrêté de parler. Il fixe un moment cette longue forme sombre. À son tour, il se lève sans bruit. Il murmure :

— Je m'en vais aller, ma jument a pas mangé, elle doit pas avoir chaud.

Il va jusqu'à la porte et se retourne. Catherine n'a pas bougé. Elle continue de parler du Nord et des vastes étendues glacées où son frère et Timax se sont enfoncés avec Amarok, voici un quart de siècle.

19

LORSQU'IL se retrouve sous l'averse avec sa jument, Cyrille est tourmenté. Il lui semble que cette ville noyée le regarde avec de la haine dans ses yeux de lumière glacée. Certains mots que Catherine a prononcés le poursuivent un moment, puis, juste à l'instant où il arrête son attelage devant le bureau de poste, lui revient le propos de Steph qu'il a vainement cherché tout à l'heure.

— Y veulent savoir comment c'était dans les débuts. Ben je vas leur dire moi.

— Peut-être bien que si y veulent savoir, c'est pour se préparer. On a dû leur annoncer que la crise revient.

Il entre dans le bureau d'où il ressort très vite.

— Pas de lettre. Ça veut dire qu'ils sont en route.

— C'est peut-être pas la crise ici, mais c'est déjà commencé dans les grandes villes.

— C'est toujours par là que ça arrive.

Il est planté sur le trottoir à côté de Bergère dont les naseaux fument. Il hésite un moment. Soudain éclairé, il se détend. Son visage, ses yeux, tout est au bord du rire.

— Sûr que c'est ce qu'il faut faire

Il empoigne la bride.

— Allez, viens-t'en ma belle. On va passer leur dire. Vaut mieux prendre ses précautions.

Il fait virer sa bête sur la gauche. Il va devant elle et, d'un grand geste agacé, il arrête les automobiles. Un conducteur actionne son avertisseur.

— T'es pressé ? Attends que ça soit là, tu pourras la remiser, ta bagnole. T'auras même plus de quoi payer la benzine.

Il termine sa manœuvre et la circulation repart. Personne n'a prêté attention à ses propos, mais il continue de vociférer. Sans véritable colère, plutôt porté par une sorte d'élan joyeux.

— Pouvez rouler, va. Ça marche, seulement moi je vous dis que ça marchera pas bien longtemps.

— C'est toujours comme ça. Les choses vont grand train. À la fin, elles s'emballent tellement que tout par un coup ça craque.

— Je le dis pas à tout le monde, mais c'est ça que j'attends.

Il monte en direction de la gare où il arrive bientôt. Une dizaine de wagons plats sont sur une voie de garage, chargés de planches et de poutres. À côté, s'entassent d'énormes piles de bois de charpente qui attendent que la grue les charge.

— C'était comme ça en 29 dans les gares du Sud. Et en plus, y avait du blé dont personne ne voulait.

— Même qu'il germait sur les quais, alors qu'on crevait de faim dans les villes.

Tout lui apparaît comme signes annonciateurs de la crise qu'il espère.

Il arrête sa jument devant la gare et noue la bride à la main courante de l'escalier.

— Y a même plus un anneau pour attacher une bête. Un monde pareil, ça mérite de crever.

Il contourne le bâtiment, se dirige vers un petit bureau vitré où sont assis trois employés. Cyrille ouvre la porte qui vibre.

— Salut !

Les hommes lèvent les yeux vers lui.

— Les trains de colons, il en est pas encore venu ?

Les cheminots le regardent comme s'il parlait chinois. Il s'énerve et commence à postillonner en gesticulant :

— Ben oui, quoi, je vous demande s'il en est arrivé.

L'un des employés se lève et dit :

— Vous voulez parler de quoi ?

Cyrille lève les épaules. Bien entendu, ceux-là qui font partie du système sont payés pour se taire. Pour faire semblant de ne rien savoir.

— En tout cas, je me nomme Labrèche. Je suis à Val Cadieu et de la terre, y en a pour ceux qui en veulent. Quand des contingents de colons arriveront, faudra me faire prévenir. Je viendrai chercher leur fourbi avec ma jument.

Celui qui s'est levé s'avance en demandant ce que Cyrille attend comme marchandise. Mais Cyrille n'est pas disposé à discuter avec des gens qui ne veulent rien entendre. Il lance simplement :

— Vous n'aurez qu'à prévenir Steph, au Magasin Général, il enverra quelqu'un me chercher.

Il sort en claquant la porte dont les vitres font un bruit inquiétant. Sans se retourner, il va détacher la bride.

— Maudits ! Y sont tous dans la combine du gouvernement. Personne veut rien dire tant que c'est pas déclenché.

Il va ainsi un bon moment sans cesser de déblatérer contre cette coalition dressée sur sa route et qui fait bloc pour le décourager.

— Pouvez y aller, bande de chiens, vous serez fatigués avant moi. Je vous le jure.

Il allonge le pas, indifférent aux voitures qui soulèvent

des gerbes d'eau. Il ne voit rien, plus rien de ce monde extérieur. Seul l'occupe celui qui est en lui. En arrivant, il a remarqué sept maisons en construction à l'entrée de la ville, à présent il n'a même pas un regard pour ces chantiers qui seront bientôt arrêtés faute d'argent.

— Hue donc ! Si tu traînasses y va te pousser de la mousse d'orignal après les paturons.

La jument ne se soucie nullement de ce que son maître peut lui dire. Au son de sa voix, elle comprend qu'il est absent du moment.

Ils vont ainsi jusqu'à l'entrée de la forêt. Là, par habitude, Cyrille lâche la bride, déroule les longues guides et saute à l'avant du char. Il tire son imperméable autour de lui et se recroqueville pour tenter de garder le plus possible de chaleur. Relevant son col et baissant le bord dégoulinant de son chapeau, il allume sa pipe qu'il vient de bourrer à tâtons, au fond de sa poche. Il tire trois ou quatre grosses bouffées, puis, sans desserrer les dents, il se remet à grogner :

— Tu verras ça, le jour où on va atteler pour aller les chercher. Ça va être quelque chose. Je les devine, ceux-là. Y vont arriver avec leur fourbi de mobilier et de saloperies, mais rien pour la terre. Et pas de bêtes. Faudra tout faire pour eux.

— C'est toujours comme ça. Les vieux sont là pour tout donner.

Une espèce de colère joyeuse se forme en lui. Une rage de bonheur qui allume un feu et éloigne le froid de l'averse lardée de vent. Il ricane.

— M'en vas les mener dur, tu peux me croire.

— T'as raison. Y vont s'amener avec des jeunes habitués à la vie facile.

— Nous autres, quand on est venus, on savait ce que c'était que travailler.

— De nos jours, t'as qu'à voir ce qu'ils font.

— Ça leur tombe tout rôti dans la gueule.

— Culs-de-plomb sur des chaises rembourrées ou bien dans des magasins à mâcher de la gomme balloon.

Il se met à rire si fort que Bergère remue les oreilles et secoue plus vigoureusement ses grelots.

— En tout cas, si on voit plus beaucoup de ruminants sur les terres, c'est pas ce qui manque par la ville !

Son rire reprend et se casse soudain. Il lance une bordée de jurons, puis :

— M'en vas leur en foutre, moi, de la belle vie ! Faudra qu'ils en bavent autant que nous.

Il s'est mis à gesticuler, oubliant la pluie qui coule sur ses cuisses, dans son cou et entre par le haut de ses bottes. Cette eau est glacée, mais le feu qui vient de se mettre à pétiller en lui est tellement ardent qu'il lui réchauffe tout le corps.

— Ho !

Il saute de son char après avoir accroché les guides à la ridelle.

— Faut que je pisse un coup.

Il tourne le dos au vent et se soulage en regardant la forêt. Le mélange de résineux sombres et de feuillus encore empourprés de bourgeons est un monde vivant malmené par les rafales. Les paquets de pluie passent comme les plis d'un rideau trempé. On voit courir les nuées au ras des cimes où elles s'accrochent parfois. Le sol fume. Le ciel vient souffler sa rage jusqu'au creux des fondrières où ses reflets frémissent.

Depuis que Cyrille a quitté Val Cadieu, le vent a beaucoup forci. À la pluie, vient se mêler de la grêle qui crépite sur le plancher du char, sur les bâches, sur l'imperméable et le chapeau. Des rafales de plus en plus nerveuses fouaillent le chemin inondé en bien des endroits.

Des risées fuient comme sur un fleuve. À ce qui descend du ciel, se mêlent des embruns soulevés sur les flaques couleur d'étain.

— Bouge pas une minute.

Cyrille s'accroupit sous l'arrière du char pour y chercher abri le temps de bourrer sa pipe et de l'allumer. Quand il sort, il va directement à l'avant et se met à marcher devant Bergère qui lui emboîte le pas.

— Je peux te dire qu'on a rudement bien fait d'y aller aujourd'hui. Je me demande ce qu'on aurait pu branler sur nos terres par un temps pareil.

Il fait quelques pas en silence. Les grelots sonnent sourd sous ce ciel délavé. Cyrille regarde à droite et à gauche avant de dire d'une voix où perce l'angoisse :

— Tout de même, s'il arrive beaucoup de monde à nourrir, faudrait pas que ça nous fasse une année pourrie.

20

La tempête a duré trois journées et trois nuits sans désemparer. Un peu comme si l'hiver avait voulu bousculer ce début de belle saison et revenir s'installer. Bergère n'entend que la pluie sur la toiture et contre les planches, l'eau qui ruisselle dans le bassin d'abreuvoir dont le trop-plein gargouille. Les poules vont dehors un moment et rentrent en s'ébrouant et en gloussant. Elles viennent gratter le crottin jusque sous ses sabots. Dans les aubes qui n'en finissent plus de se traîner, le coq chante beaucoup moins et d'une voix plus enrouée. On dirait que son clairon ne porte guère au-delà des limites de cette bâtisse.

Trois journées et trois nuits interminables, puis, dans le milieu de la quatrième nuit, Bergère est réveillée par le vide. Quelque chose manque soudain à son écurie, à l'obscurité, à l'air qui l'enveloppe. Ne vivent plus que quelques ruissellements de gouttière, des gargouillis souterrains qui viennent jusqu'ici. Le ciel s'est nettoyé d'un coup. Le vent s'en est allé en emportant l'averse.

Bergère soupire. Le bruit de son souffle est énorme. Elle bat du sabot et le choc sur le sol doit s'entendre de l'autre bout de la terre. La boucle de sa bride tinte, et cette sonnaille de rien du tout a l'ampleur de la cloche qui, jadis, matin et soir égrenait l'angélus sur Val Cadieu.

Tiré lui aussi de son sommeil par ce départ de la tempête, Cyrille arrive à l'écurie bien avant l'heure des poules. La nuit est encore là pour un moment, mais déjà sa voix éclate comme un soleil :

— Sacre bleu ! Ma Bergère, ça va être le grand beau. Je le sens à mes douleurs. Foutu le camp comme la pluie. Tu vas voir ça, ma belle. Les terres vont être trop gorgées d'eau pour qu'on s'y risque, ben ça va nous donner encore deux jours aux souches. Un peu plus de fait, c'est pas plus mal.

Il va et vient avec sa lanterne qu'il finit par accrocher au poteau pour faire la litière et donner à manger.

Il s'en va déjeuner et Bergère en fait autant. Lorsqu'il revient, les poules sont dehors et le coq braille comme s'il avait inventé le soleil. Un soleil énorme, gonflé de toute cette attente et qui fait étinceler la contrée sur des milles et des milles. La forêt est un brasier d'argent. Chaque brindille porte plus d'étincelles que de bourgeons. L'Harricana roule de la lumière à pleins bords. Les friches, les emblavures, les prairies, les buissons de rives, les ruisseaux, les fossés, le chemin, les ornières et les vastes abattis sont autant de reflets. Tout paraît propre. Immobile, comme figé d'émerveillement.

Ils partent vers la forêt en pataugeant dans un véritable marécage. Mais Cyrille ne s'est pas trompé. Toute l'eau qui n'a pas ruisselé vers les rivières s'est infiltrée. Par les mille terriers, les mille galeries de rats, de taupes et d'insectes, elle a gagné les profondeurs.

— Allez hue ! C'est du beurre !

Les sabots ont beau s'enfoncer et glisser, il est vrai que les souches viennent beaucoup plus facilement. Les racines soulèvent de la glaise liquide. C'est lourd mais ça ne tient plus à rien.

Cyrille avait prévu deux jours, il en faut trois au ciel en feu pour absorber le plus gros de l'humidité. Car la terre fume comme une lessive et il faut des heures pour que l'aube émerge des vapeurs lumineuses où elle semble se prélasser. La forêt qui verdit à vue d'œil retient à pleines branches les brumes moutonnantes. Dès que le soleil est assez haut, on voit tout ça déferler vers l'Harricana. Les toitures et les cimes des arbres apparaissent en premier. Et lorsque tout se montre, il y a déjà longtemps que Bergère et Cyrille sont à l'ouvrage.

Après les souches, ce sont les semailles. La herse et le rouleau. Puis un labour d'une parcelle où il faut planter les pommes de terre.

Durant les moments où Cyrille doit œuvrer à la main, Bergère reste dans son enclos. L'herbe pousse, tout sort de terre, éclate et fleurit, tout puise une sève abondante dans ces dessous qui savent garder l'eau.

De jour en jour le pays se métamorphose. Et les oiseaux que le déluge semblait avoir fait fuir au loin se sont réveillés. La forêt chante.

Un matin, on entend dans un ancien brûlis où la végétation commence à repousser le cri dur, plein d'autorité du Merle Robin. Il se montre bientôt, perché sur une barrière, appelant sa suite à venir le rejoindre pour reconnaître le pays. Il se rengorge, fier de son plastron couleur de brique pilée, de son dos presque noir et de son bec jaune qui soutient ses grosses lunettes blanches. Il crie qu'il va nicher et que ce sera l'été.

Et Cyrille qui l'a entendu depuis la chambre où il était venu chercher ses dernières pommes de terre de semence s'est précipité. Il sort et il le voit s'envoler dans la lumière.

— T'es là aussi, mon tout beau.

Il rentre et va chercher du pain qu'il court émietter sur

le chemin. Mais le merle est loin, il lance son appel depuis le toit de la dernière maison du rang.

— Je sais bien que tu m'as vu. Tu viendras. Dans quelque temps, tu vas m'amener tes petits. Tu verras, y va revenir plein de monde à Val Cadieu.

Ce sont les poules qui viennent voler le pain qu'il a émietté. Cyrille les engueule pour le plaisir, mais rien ne peut altérer sa joie. Il se sent pareil à ce qui l'entoure. Il sait de manière certaine que tout va renaître. Que la vie va s'installer de nouveau sur les terres et dans les maisons, dans les granges et les étables.

— Mille tonnerres, avec un soleil comme ça, on va avoir des récoltes à renverser les clôtures.

— Les granges vont être trop petites.

— C'est pas le bois qui manque pour en monter d'autres.

— Ni le bois ni les bras.

Ils sont au moins dix ménages qui viennent de tomber du ciel et qui l'entourent. Il en a la larme à l'œil en murmurant :

— Sûr que c'est pas les bras qui manquent.

21

CYRILLE et Bergère ont travaillé tout un mois sans voir passer le temps. Ils ont mené à bien une énorme besogne en dépit du soleil, de quelques averses rageuses et, surtout, sans prendre le temps de se plaindre des nuées épaisses sorties des étangs, des lacs, des marécages : mouches noires, moustiques, maringouins, frappe-à-bord, taons de toutes espèces, bestioles volantes, bourdonnantes, piquantes et suceuses de sang.

C'est à peine si, le soir, Cyrille prend le temps d'allumer une boucane devant sa porte pour tenter d'enrayer l'invasion.

— Toi, t'as le cuir tellement dur, tu risques rien.

— C'est vrai que j'ai de la peau d'orignal, seulement c'est aux yeux que ces vaches-là s'en prennent.

Les nuits sont si courtes qu'à peine plongé dans le sommeil, il faut déjà se lever et repartir. On dirait que chaque crépuscule tire derrière lui l'aube du lendemain sans laisser de place à la nuit.

Sa terre propre et ensemencée, Cyrille s'est mis en tête de nettoyer et de labourer les emblavures des Garneau. Puis les autres.

— Tu veux rien semer.

— Ayez pas peur, je vais rien vous voler.

— Le foin, tu peux toujours le faucher, c'est pas du vol, ça entretient la terre.

— Le fourrage, je le rentrerai pas dans ma grange. Je le mettrai où y doit aller. Comme ça, quand ils arriveront, ils auront déjà de l'avance.

Tant que le ciel reste au beau et que le vent charrie de l'air sec, Cyrille va chaque matin ouvrir les portes et les fenêtres de deux ou trois maisons. Il ne peut pas les visiter toutes, ça lui dévorerait deux heures de temps, mais il change chaque jour.

— Faut que ça respire, tout ça.

— Ça sera tout de suite habitable.

— Bonsoir ! Quand je pense dans quoi on a logé, nous autres, en arrivant.

Il ouvre également la cure, l'église et l'école.

— Paraît que les curés ont de moins en moins de prise sur les gens.

— Pas étonnant, après tout ce qu'ils ont fait

— Ils ont assez dominé le pauvre monde.

— Passé un temps, t'avais même plus le droit d'aller pisser un coup sans leur permission.

— Y en a pourtant eu des bons.

— C'est vrai. Et s'il en revient un ici, je veux qu'il trouve sa cure et son église en état.

Chaque soir, Cyrille va refermer ce qu'il a ouvert en se levant. Non seulement il fait ainsi respirer les maisons, mais, au cours de la journée, quand le vent fait battre une porte, c'est tout le village qui reprend vie.

— Tiens, voilà Charlotte qui va donner à ses lapins.

— Non, c'est Koliare qui rentre.

Cyrille les entend parler. Les bêtes meuglent, les chars roulent, les enfants jouent en sortant de la cure.

Ils vont à l'école. L'institutrice les appelle. Des femmes et des hommes bavardent. On cogne à la hache. Toutes les cheminées fument. Cyrille respire à pleins poumons ces odeurs de feu de bois, de soupe aux fèves et de potée. Il s'est vraiment habitué à ces bruits. A tel point qu'un jour, alors qu'il est en train d'arracher la viorne qui sort de la forêt pour envahir l'ancien lot des Pinguet, il ne se redresse même pas lorsqu'il entend des appels. C'est seulement quand Bergère lance un long hennissement qu'il demande :

— Qu'est-ce que t'as, ma grande ?

Bergère secoue très fort ses grelots et bat du sabot. Un homme déborde l'angle de la grange.

— Alors, Labrèche, t'es devenu sourd ?

Cyrille fronce les sourcils. Il hésite un instant avant de lâcher sa pioche et de s'avancer. Parce qu'il a la tête pleine du visage des hommes qui ont vécu à Val Cadieu, il lui faut arriver tout près pour reconnaître Hauris Langlois sous son grand chapeau de paille aux bords effrangés. Hauris n'attend pas de l'avoir rejoint pour montrer d'un geste l'ensemble des terres propres.

— Y a du monde qui est revenu ?

Cyrille est encore trop éloigné de la réalité pour répondre. Il lui faut le temps de chasser ce qui remue en lui pour que ce nouveau venu y prenne place.

— Je vois pas un chat, dit Hauris.

La voix mal assurée, Cyrille essaie d'expliquer :

— Ben, voilà, c'est qu'on s'est arrangés. Moi je prépare la terre, puis eux autres..

Une lueur d'inquiétude passe dans le regard brun d'Hauris. A mi-voix, il demande :

— Mais de qui tu me parles ?

Cyrille a un mouvement d'impatience. Il reste muet quelques instants, à se secouer comme s'il cherchait à se débarrasser de quelque chose de tenace. Son regard fixe Hauris sans qu'il le voie vraiment. A peine audibles, des mots roulent dans sa gorge.

— Ben sont là. Des fois. Le travail, on le fait comme on peut.

Hauris regarde les labours, les prés nettoyés, celui où Cyrille est en train de travailler.

Soudain, la voix de Cyrille redevient nette. Le ton monte, le niveau aussi.

— Le travail, c'est moi qui le fais. Moi et Bergère. Puis je peux te dire que c'est bien fait. Quand les autres vont s'amener, ce sera pareil à un sou neuf.

— Ben ceux qui viendront auront de la chance.

Cyrille est soudain comme soulevé par un coup de vent. Gestes désordonnés, pluie de salive, tout fonctionne.

— C'est que la crise, je la vois déjà là. Ce sera comme quand ton pauvre père t'a amené en 32.

Le visage rond d'Hauris se fend d'un sourire. Ses petits yeux se plissent. Il lisse sa moustache d'un revers de main et fait la moue en observant :

— Crisse, si t'as mené tout ce train tout seul avec ta bête, vous avez pas dû chômer.

— On est là pour travailler.

Hauris désigne du menton la parcelle que Cyrille vient d'attaquer.

— Tu crois pas qu'à soixante ans passés t'aurais gagné le droit de te bercer, plutôt que de nettoyer la terre des autres ?

Cyrille repousse son chapeau et essuie la transpiration qui inonde son front. Son geste écrase des insectes et le sang se mêle à la sueur. Il indique la direction des abattis, derrière son lot.

— Veux-tu venir voir ce que j'ai fait de terre neuve cette année ?

Hauris en a le bagou coupé. Il lui faut un moment avant de pouvoir murmurer :

— Ben mon vieux, celui qui m'aurait dit ça.

Ils ont marché sous le soleil avec Bergère sur leurs talons. Puis ils reviennent vers le chemin et vont jusqu'à la maison de Cyrille.

— Veux-tu boire une bière ?

— Ça se refuse pas.

— Toi, Bergère, va te mettre à l'ombre. T'as de l'eau dans le baquet.

La jument s'éloigne lentement, battant de la queue pour chasser la vermine qui lui laboure le corps.

— T'as une sacrée bonne bête.

— Elles sont toutes bonnes si on sait les prendre.

Ils entrent et Hauris s'assied de trois quarts, le dos tourné à la fenêtre. Cyrille revient avec la bière qu'il est allé chercher dans la pièce du fond.

— Toi, t'as pas à te soucier du caractère de ton tracteur.

— T'inquiète pas. Y me fait le plus gros. Puis pour ce qui est du détail, Camille a gardé ses deux chevaux. On fait en commun.

Cyrille verse la bière et s'assied en face d'Hauris. Ils ont tous les deux posé sur la table leur chapeau. Les fronts et les visages luisent. Le tourbillon des insectes les a suivis.

— On fait à deux, répète Hauris. C'est plus facile.

— Vous avez bien de la chance, soupire Cyrille.

L'autre semble hésiter. Ses lèvres épaisses remuent comme si elles cherchaient un mot. La fossette de son menton danse un peu.

— Justement, dit-il, le forgeron m'a parlé de toi. Dès que j'ai eu une petite liberté, je suis venu. On se disait : tout seul, y doit s'en voir. Y viendrait s'installer avec nous, ce serait tout de même plus facile pour lui. Moi, j'ai ma femme et mes petits. Camille, il est tout seul...

Le visage de Cyrille s'est contracté. Son corps affaissé s'est redressé lentement. Un grand étonnement éclaire ses yeux. Sa main droite frappe la table à plusieurs reprises.

— Qu'est-ce que t'es en train de me raconter?

Hauris paraît gêné. Il sort son mouchoir de sa poche et s'éponge le visage puis le cou.

— Ben, à présent, je me dis...

Cyrille ne l'écoute pas. Il vient vraiment de réaliser. Le coup qu'il assène à la table est si violent que les verres à moitié vides tressautent.

— Nom de Dieu! Tu voudrais que je laisse ma terre pour une qui est pas à moi! T'oses venir me proposer ça? Est-ce que t'aurais viré fou, par hasard?

— Je pouvais pas deviner... Je vois que je suis venu pour rien.

La colère de Cyrille s'est dégonflée aussi vite qu'elle avait monté. Les regards s'étreignent un instant. Ils hésitent encore. Puis les visages se détendent et les deux rires éclatent en même temps. Cyrille remplit les verres et crie :

— Espèce d'imbécile, t'es venu pour l'amitié. Est-ce que tu crois que c'est rien?

Soudain libéré d'un grand poids, Hauris s'engage dans un long discours. A mesure qu'il parle, sa voix rocailleuse s'enfle. Il lance des questions que Cyrille s'est posées cent fois :

— Qu'est-ce qu'on a fait, nous autres, pour qu'ils veuillent nous tuer? Qu'est-ce qu'on a fait de mal pour qu'on veuille nous empêcher de garder nos fermes?

Cyrille parle lui aussi, mais Hauris est un torrent qui submerge tout. Il interroge et il donne les réponses.

— Cette crisse d'affaire-là, c'est tous les mêmes patroneux qui en sont responsables. C'est eux qui nous siphonnent comme ils ont siphonné nos vieux. Les monseigneurs avec les multinationales, c'est tout à fourrer dans le même sac. Une roche dans le fond et balancer au lac.

Un instant égaré, Cyrille se reprend et écoute. Hauris sait beaucoup plus de choses que lui. Il parle du chômage, du suicide des jeunes qui s'ennuient, souffrent de l'isolement, des hivers trop longs et de l'oisiveté.

— Est-ce qu'on est oisifs, nous autres ?

Cyrille ne peut qu'approuver d'un mot, de temps à autre, tandis que Hauris avale sa salive. Puis le flot se remet à rouler les mots et les phrases avec des coups de boutoir, des rapides et des tourbillons, des remous furieux qui charrient de la rocaille. La chemise rose d'Hauris lui colle à la peau. La sueur imprègne le tissu mince à travers lequel les bestioles arrivent à piquer. Du sang perle çà et là mais l'homme ne sent rien. Il est trop habité par son grand mouvement d'ébullition.

Cyrille ne suit plus. Le débit est trop rapide Il se borne à répéter :

— Ici, c'est à moi. Je cultive à mon compte. Je dois pas trente sous à personne !

Hauris parle des débuts de son père, des patroneux et des curés puis il en vient à évoquer ce que Cyrille a déjà appris à la forge. Mais il raconte avec de gros rires, des bordées de jurons et force détails.

— Tu les aurais vus, les paperasseux, les scribouilleux tout foireux à mouiller leurs fauteuils en moleskine. Moi et Camille on leur a dit : Vos repiqueurs d'épinettes, vous pouvez nous les envoyer, on va leur préparer leur fête. Un beau petit feu d'artifice. Pas du plomb à perdrix, de la chevrotine à orignal.

— Des chevrotines, j'en ai acheté aussi.

— T'as bien fait, faut qu'on se défende.

Depuis un bon moment, une idée trotte dans la tête de Cyrille qui lance :

— Pourquoi que ce serait pas toi qui viendrais ici avec Camille ? La terre est bonne.

Pris par surprise, Hauris ne se donne pas le temps de réfléchir.

— Sûrement pas aussi bonne que chez nous.

Exactement ce qu'il ne fallait pas dire. Il le comprend trop tard. Le voilà douché d'importance par un déluge de salive. Cyrille s'est levé. Penché sur Hauris, il l'a empoigné par sa chemise et le secoue de toutes ses forces.

— Pas si bonne ? Bonyeu ! Je te ferai voir ça, moi. Tu t'en viendras à la moisson. Tu vas tout de même pas dire comme les trous du cul du ministère que c'est tout juste bon à replanter en forêt...

Cette fois, c'est Hauris qui ne parvient plus à placer une syllabe. Rien ne peut tenir face à la colère de Cyrille. Prétendre que sa terre n'est pas la meilleure de toutes, c'est le pire que l'on puisse faire. Il faudra longtemps pour qu'il finisse par se calmer. Lorsque c'est fait, le jour décline déjà. Hauris n'a plus reparlé de déménagement ni dans un sens ni dans l'autre. Simplement, alors que Cyrille l'accompagne sur le chemin, il dit :

— Faut se tenir les coudes. C'est toi qui as raison : faut laisser le plus de rangs possible en culture. Un jour, y en a qui seront contents de venir sur les terres.

Hauris s'arrête. Il lui empoigne le bras et serre fort en ajoutant :

— Nous autres, on a le droit d'être fiers, on est les protecteurs du patrimoine. On est les gardiens de la sueur des colons.

Ce mot rend le sourire à Cyrille qui lance :

— Sûr qu'on est les gardiens. Faut toujours avoir son fusil chargé.

Hauris lui secoue la main longuement et frappe sur son épaule. Il semble très ému. Il y a entre eux un silence chaud d'amitié. Puis Hauris monte dans sa vieille Chevrolet toute cabossée dont le pare-brise s'orne d'une grande fêlure en étoile.

22

Ce soir, quelque chose de différent habite Val Cadieu. Ça ne se voit pas, mais c'est une présence. Une lourdeur pareille à celle qui précède un orage. L'épaisseur de la nuit semble envelopper plus étroitement les granges et les maisons, peser plus lourdement sur les cultures et déborder l'espace défriché pour s'en aller écraser la forêt.

Lorsque Cyrille vient soigner Bergère, il ne tient pas uniquement sa lanterne, en plus il a son fusil à la bretelle et sa cartouchière autour des reins. Il accroche tout ça à une cheville qui dépasse d'un pilier, puis il se met à son travail.

— Bonsoir, il a raison, Hauris, un rang où t'entends plus jamais sonner l'angélus, c'est un rang mort. Ben tu peux me croire, y va pas rester mort longtemps. Des gens, y va en revenir. Et peut-être plus qu'on en voudrait.

Il a sa voix vibrante, un peu haut perchée, celle qui ne présage rien de bon.

— Seulement ça, il l'a dit aussi : ces salauds pourraient venir brûler les granges et les maisons vides sous prétexte qu'elles risquent de s'écrouler sur quelqu'un. Mais sur qui, nom de Dieu ? Sur qui ? Je vois jamais un chat ici.

Son débit se fait de plus en plus précipité. Il a fini de donner le foin et d'étendre la paille. Il va à grandes enjambées d'un bord à l'autre de l'écurie. Son ombre monte et s'étire sur les planches pour disparaître quand il a dépassé le poteau où est accrochée la flamme tremblotante. Il s'arrête à hauteur de l'épaule de Bergère.

— S'écrouler ? Saloperie. Je voudrais bien voir. Avec le travail que j'y ai fait. Y a plus que le clocher qui penche. Je peux pas le redresser tout seul.

— Hauris a promis qu'il viendra à l'automne, avec Camille pour t'aider à le consolider.

Il repart et tape de sa main rêche et dure comme pierre sur un pilier de soutien.

— Faire tout ce que je fais pour que des fonctionnaires, des culs-de-plomb viennent y foutre le feu. (Il rit.) Ça alors, je voudrais voir.

De retour vers Bergère, il se calme un peu.

— A partir de demain soir, je te donnerai ton foin dans l'enclos, près du chemin. Je vais même fermer l'écurie. Tant qu'il fait beau, t'es mieux dehors. Comme ça, si tu vois arriver du monde, tu m'appelleras. T'es aussi bonne de garde qu'un chien.

Il boucle sa cartouchière, décroche son fusil et son fanal, puis il sort.

La lune est à son plein. Le monde est noir et blanc. La nuit presque immobile crisse et se froisse. Des nocturnes se parlent d'une rive à l'autre de l'Harricana.

— Une nuit pareille, ils pourraient venir pour leur sale coup, ils y verraient commme en plein jour.

Cyrille fait quelques pas en direction de sa maison et se met à rire.

— Moi aussi, j'y verrais clair pour les tirer. Venez-y donc, si vous êtes des hommes !

Il va jusque sur le chemin et reste un moment à fixer l'enfilade rectiligne qui se perd dans le resserrement de la forêt. Tout au bout, la clarté de la lune et l'ombre des résineux se confondent. Une brume très légère flotte. On dirait que des formes remuent.

— Je ferais bien de me payer une petite tournée de temps en temps.

Cyrille éteint son fanal inutile dont la clarté vacillante semble salir ce qu'elle approche. Il va le poser sur le seuil de sa porte. La mèche fait encore un petit point rouge qui meurt lentement.

Il regagne le chemin et prend la direction du sud.

— A présent, je ferai mon tour pour fermer les maisons juste avant de me coucher.

Il se sent très calme, la paix de cette nuit entre en lui. Il est bien, seul sur son rang. Il dit à haute voix :

— Sûr que je suis le gardien !

Il s'efforce un moment de retrouver certains propos d'Hauris, mais il s'y perd. Les chiffres et les choses de la politique n'ont jamais été son fort.

— Je sais pas où y va chercher tout ce qu'il raconte.

— Y doit toujours être en train de discuter avec Camille.

— Certain qu'à deux, c'est plus facile.

— Pour garder, y peuvent se relayer.

Il imagine les deux hommes sur leur rang, à plus de trente kilomètres. Ça lui paraît tout proche.

— Y seraient pourtant rudement bien ici. A trois, on pourrait tenir contre n'importe qui.

Il se laisse aller un moment à installer Hauris et les siens dans la maison des Garneau et Camille dans celle de l'Ukrainien. Il voit arriver des planteurs d'épinettes protégés par des policiers. Ils ne vont pas loin. Les coups de fusil partent de partout. Même la femme d'Hauris et ses enfants sont armés. Les autres ont tout juste le temps de déguerpir en emportant leurs blessés.

— A trois, c'est facile.

Sa voix se durcit.

— Mais moi, ça risque pas que je quitte!

Vingt silhouettes viennent de surgir de l'ombre pour s'accrocher à ses basques et le retenir là. Les regards sont chargés de reproches.

Cyrille repart. Il marche un moment la tête baissée, le regard filant au ras de son chapeau. Il se méfie. De lui, peut-être.

A hauteur de la maison où a vécu le grand Koliare, il s'arrête soudain.

— Ho Cyrille! T'entres pas?

— Pas le temps.

Il repart pour dix pas et s'arrête a nouveau.

— Au fond, j'ai trois lanternes, je devrais bien en mettre une dans une maison tous les soirs. Je changerais. Ça me coûterait juste les bougies. J'en ai une sacrée provision.

Il voit toutes les maisons de Val Cadieu avec leurs fenêtres éclairées. Il y a de la neige. Beaucoup de neige. Pas de lune, mais plusieurs lumignons qui vont d'une ferme à lautre. Lui aussi s'en va sur le chemin qui craque sous sa botte. Il croise un couple.

— Salut les veilleux!

— Bonsoir Cyrille.

— Beau froid.

— Bon pour la terre.

Même l'école est illuminée. La maîtresse fait venir les enfants le soir, pour leur apprendre des chants de Noël.

Cyrille continue son chemin. Comme il approche de chez lui, il entend marcher. Il est parti sans fermer l'enclos et Bergère s'en vient tranquillement le rejoindre.

— Toi, alors! Si je peux plus faire trois pas sans t'avoir sur mes talons!

Cette présence le comble. Que sa jument ait laissé son

foin pour le suivre lui procure une grande joie. Il décide d'allonger sa ronde.

— Allons, viens puisque t'en as envie.

Et ils s'en vont tous les deux sous la lune énorme, lui devant et Bergère qui suit. Elle s'arrête de temps en temps quand une touffe d'herbe la tente, puis elle allonge un peu le pas pour le rattraper. Et leurs deux ombres s'étirent, ondulent et se rejoignent parfois sur le sol inégal.

Ils vont ainsi jusqu'à hauteur de l'église, tout à fait au début de Val Cadieu. Cyrille s'arrête. Bergère semble étonnée. Elle le regarde et branle légèrement sa grosse tête. Il lui caresse le nez et la gratte un moment sous l'encolure.

— Tu vois, si y doivent venir de nuit, je crois plutôt qu'y choisiront une nuit bien noire. Là, on les verrait arriver de trop loin.

Il fait demi-tour. Bergère hésite à le suivre. Il lance :

— Alors, t'as pas sommeil ?

Et ces mots sont comme un rire de bonheur qui court très loin dans la lumière.

23

Avec sa jument qui monte la garde et le suit partout comme son ombre, avec ce fusil qu'il ne perd jamais de vue, Cyrille s'est installé dans le travail. La crise éclatera en automne ou au début de l'hiver. Il a donc tracé tout un programme pour bien mettre à profit le temps qu'il voit encore devant lui avant l'arrivée des autres. Il y aura du foin en réserve, du grain aussi et du bois pour chauffer tout Val Cadieu. Il a même deux poules qui ont disparu et qui doivent couver quelque part. Il les cherche et finit par les découvrir derrière de la vieille ferraille, tout au fond le plus obscur de la grange. La grosse leghorn a dix œufs et la sussex neuf.

— Je garderai plusieurs coqs, comme ça on pourra partager. Bon Dieu, ça va recommencer à se répondre d'un bord à l'autre.

Il se frotte les mains de plaisir. Pour que les deux couveuses n'aient pas à s'éloigner trop souvent de leur nid, il leur a apporté une gamelle d'eau qu'il vient remplir chaque matin en leur donnant du grain et de la pâtée.

— M'en vas vous soigner, moi, mes petites bonnes femmes. On va repeupler le pays.

Toute la basse-cour s'est mise à pondre et Cyrille espère bien que d'autres poules vont couver.

Le temps est une merveille. Une chaleur ferme comme un gros fruit juteux. Dès que la terre commence à croûter, le ciel se couvre et verse une petite pluie calme qui s'efforce toujours de tomber la nuit, de manière à ne pas retarder le travail.

Et le travail marche rondement. Il va tellement de l'avant que l'été arrive sans qu'il y paraisse. Il y a cinq couvées qui ont parfaitement réussi. Pas un poussin perdu. Une bénédiction. Toute cette engeance est tellement vorace qu'elle s'en irait facilement vous massacrer le grain sur pied. Si bien que Cyrille a été obligé de remonter sa clôture de grillage. C'est comme au beau temps de la grande production. Mais c'est du travail en plus et, à toute cette volaille, il faut donner sans cesse de la nourriture.

Comme il y a beaucoup d'herbe, Cyrille n'a pas pu attendre l'arrivée des autres pour reprendre des bêtes. Il est allé en vitesse à Saint-Georges pour téléphoner à Hauris Langlois :

— T'aurais pas des jeunes bêtes ?

— J'allais justement vendre trois génisses et un beau petit taurillon.

— Si t'acceptes d'être payé en trois fois, je te prends le total.

— J'aime bien être réglé sur la tête du piquet, mais parce que c'est toi, ça marche comme ça.

Et deux jours plus tard Hauris était là avec sa bétaillère. Il avait sa face des bons jours.

— Tu vois que ça peut servir, la mécanique. Si j'avais qu'un cheval, j'aurais pas pu t'amener ça à domicile.

Ils ont lâché les bêtes dans l'enclos de la jument qui les a acceptées sans difficulté mais sans grands débordements d'affection.

— Je suis bien aise de les voir chez toi. Ça m'aurait fait

peine qu'elles quittent le pays. Puis je veux t'aider. Tu te remontes et ça me plaît. Tu payeras après les moissons.

Sa grosse patte toute ronde qui contraste tant avec les pinces desséchées de Cyrille a repoussé les billets vers l'autre bord de la table.

Le travail a beau presser d'un côté comme de l'autre, ils ont encore passé deux heures à évoquer le passé et à condamner ceux qui les menacent.

Et, depuis ce jour-là, Cyrille regarde grandir ses bêtes. Elles ont bon appétit. Pour qu'elles ne se gonflent pas uniquement d'herbe fraîche, il leur descend du foin de temps en temps.

— Ça bouffe, ça boit, ça pisse et ça bouse. C'est la vie !

Bergère va devoir peiner pour nourrir tout ce monde. Mais Bergère ne rechigne pas. Le temps des foins, le temps des moissons, elle accepte tout sans broncher. Elle avale le travail exactement comme le fait son maître. Cyrille se sent vraiment renaître à mesure que son grenier se remplit. Plus il arrose de sueur sa terre et les planches poussiéreuses des granges, plus il se sent de forces. Avec sa seule jument et sa vieille faucheuse déglinguée, il a réussi à récolter le foin sur son lot, sur celui des Garneau et sur la terre de l'Ukrainien. Et tout est engrangé dans chaque grenier. Pas une botte récoltée sur un autre lot et qui soit chez lui.

Tout l'été, même durant la plus dure période des moissons, Cyrille n'a jamais cessé de mener ses rondes. Toujours avec son fusil à l'épaule, toujours avec sa jument qui le suit et l'attend devant chaque porte, il s'en va sous la lune ou, par les nuits noires, avec son lumignon, minuscule étoile qui danse, perdue au bout de cette immensité. Car Cyrille et Bergère, et les poules, et les trois génisses avec le taurillon qui forcit rudement sont vraiment tout au bout du Nord. Ils sont les derniers. Après eux, c'est la forêt sauvage où ne circulent que quelques Indiens et quelques coureurs de bois. Quand il en passe un, Cyrille répond de loin à son salut. Il ne cherche pas à établir un contact. Tant qu'une nouvelle crise ne ramènera pas des habitants à Val Cadieu, tout ce qui peut venir d'ailleurs est sans intérêt. Ses bêtes et ses terres lui suffisent.

Chaque soir, dans une maison différente, il va porter une lanterne qu'il allume et qui brûlera toute la nuit pour veiller et donner l'illusion de la vie. Cette présence lui suffit. Les disparus, les envolés, les déserteurs du rang ne reviennent presque plus habiter ses nuits. La fatigue dresse un terrible barrage qui le protège de tout.

A Saint-Georges, quand il s'y est rendu pour appeler Hauris, il a fait provision de tout pour son été. Les bougies sont bien mieux que n'importe quelle présence qui risquerait de n'être que provisoire.

Et maintenant que la moisson est rentrée, il va remonter le four et sa petite toiture. Il fera son pain.

Puis, par un soir calme, quand il n'y aura aucun risque, il brûlera les souches et le branchage de ses abattis.

24

Cyrille se sent soudain troublé. Lui que nulle besogne n'effraie jamais, lui qui peut se lancer dans tous les métiers de la culture, du charroi, de la construction se trouve avec la gorge un peu serrée.

— Je m'en vas vous faire voir, moi, si je peux pas faire mon pain !

Son aboiement sonne faux. Le silence du jour qui grandit a, ce matin, quelque chose d'angoissant. Cyrille s'avance sur le seuil. Il respire l'air déjà tiède, à peine crissant. Les ombres encore longues sont bleues. L'herbe luit de rosée. Tout est comme de coutume par pareil temps et, pourtant, la maison est enveloppée d'inquiétude.

Cyrille regarde ses mains, il les frotte l'une contre l'autre et le bruit emplit la pièce. Il s'approche lentement de la table, hésite encore puis ouvre un trou au milieu du gros tas blanc qu'il vient de faire. La farine est fraîche. Ses doigts vont jusqu'à la table, et s'écartent lentement. La fontaine se dessine, régulière, et s'élargit. Il empoigne la soupière et sort le levain pétri depuis une semaine et qui soupire comme un jeune chien dérangé dans son sommeil. Cette pâte gonflée d'air est tiède. Il nettoie bien sa soupière pour ne rien perdre, puis il verse l'eau dans sa fontaine. L'eau est encore plus fraîche que la farine.

— Trop froid. Ça risque de me tuer mon levain.

Il va à son fourneau et apporte le coquemar où il reste de l'eau de son thé. Il verse et mélange.

— J'aurais dû en remettre chauffer... J'ai pas entretenu mon feu pour faire lever.

Il remplit la bouilloire et va mettre du petit bois et deux bûches sur les braises.

Tout commence à être empâté et enfariné : l'anse du coquemar, le pique-feu, la cuisinière, la caisse à bois, sans parler du plancher où il piétine. Ces fausses manœuvres l'énervent un peu, et, lorsqu'il replonge ses mains dans sa fontaine, elles commencent à trembler. Il pétrit en cherchant à imiter les gestes des femmes qu'il a souvent regardées. Il verse de l'eau et un bord de la fontaine cède. Il se hâte de pousser de la farine mais l'eau plus rapide que lui coule sur le sol, de l'autre côté de la table.

— Saloperie de merde !

Son geste pour endiguer le flot a été trop brusque. Le barrage affaibli cède aussi devant lui et l'eau blanchâtre arrive sur son pantalon et ses souliers. Il jure encore et s'énerge un peu plus. Il finit par se rendre maître de ce gâchis.

Tant qu'il s'agit de mélanger le levain, l'eau et la farine, il arrive tant bien que mal à retrouver les gestes des femmes. Mais, une fois la pâte à peu près homogène, quand il veut la pétrir et la souffler sur sa table pour lui donner du corps, c'est une autre affaire. Ses mains sont des animaux en pleine rébellion qui refusent de le servir. Il voit ce beau geste rond, ce pâton qui semble se former sur la main de Charlotte Garneau et faire un flop tout lisse et rapide sur la table, mais non, ce qu'il obtient ne ressemble à rien. Il enrage.

— Ah puis merde ! Tout ça c'est de la parade. Le principal, c'est que ce soit bien travaillé.

Alors il travaille. Il travaille longtemps, dans tous les sens. Il transpire. Sa chemise est trempée et des gouttes coulent sur son front, suivent son nez maigre et viennent tomber sur sa pâte.

Il va ainsi à peu près une demi-heure, puis, avec beaucoup de farine sèche, il se nettoie les mains. Il racle le bois avec un grand couteau et malaxe encore.

— Ben, c'est pas plus mal.

Un énorme pâton est là, bien ventru au milieu de la table. Il le couvre avec deux torchons propres et s'en va en prenant soin de fermer sa porte. Bien que ce ne soit pas l'heure du repas, les mésanges sont là qui cherchent à entrer.

— Allez-vous-en près des poules. Vous me volez déjà assez. Je vous donnerai du pain quand il sera cuit.

— Vous allez voir ça, tiens, le pain au vieux Labrèche !

La vue de sa pâte terminée l'a remis en joie. L'angoisse du matin s'est apaisée à mesure que montait le soleil.

Au passage, Cyrille flatte Bergère qui renifle ses mains.

— Toi aussi tu sens le bon pain. T'en auras, ma belle. T'en auras. Allez, Si tu veux venir sur le chemin, je vais allumer.

Il la fait sortir du parc et referme la barrière au nez des génisses qui aimeraient suivre.

— Vous autres, restez chez vous.

Bergère le suit jusqu'au four. Elle flaire cette gueule noire bourrée de bois où son souffle soulève un peu de poussière.

— Arrière, c'est pas de ton goût.

Il craque une allumette et enflamme une feuille de journal qu'il pousse sous les brindilles. Aussitôt, Bergère se recule et tourne bride pour aller brouter le long du chemin une herbe bien plus savoureuse que celle de l'enclos sans cesse piétinée et compissée.

Déjà le feu ronfle, la flamme sort par la gueule et la

fumée rampe sous le petit toit couvert de bardeaux. Cyrille casse des branches plus grosses pour sa deuxième charge.

Durant deux jours, Cyrille a travaillé à réparer le four, devant la maison des Garneau. On l'avait bâti là parce que c'est à peu près le milieu de la paroisse, et parce que la grosse Charlotte était la meilleure pour chauffer. Même quand c'était une autre femme qui venait cuire, Charlotte se trouvait à pied d'œuvre pour lui donner des conseils.

Avec un peu d'amertume, après avoir terminé de remonter la petite charpente qui abrite la voûte de terre noircie, Cyrille a lancé :

— Ben on verra bien si je suis pas capable de chauffer, moi !

Dès son déjeuner avalé, il a hélé Bergère et fait un chargement de fagots. Un bon petit vent d'est court en fouinant partout.

— Juste bien. Et pas de risque.

À présent, le four ronfle et il suffit de ce feu pour redonner vie à Val Cadieu tout entier.

— Ben voilà que c'est Labrèche qui fait le pain.

— On va rigoler. Venez voir ça !

— Rigolez bien, bande de bons-à-rien. Vous allez tous en réclamer de mon pain.

— Est-ce que tu vas pas nous faire des gâteaux, pendant que le four est chaud ?

— Des gâteaux, je vous en ferai la prochaine fois.

Il gesticule devant son feu en répondant aux uns et aux autres. Il expédie au catéchisme les enfants qui viennent se mettre entre ses jambes.

— Martin, il était confiseur, y sait faire les bonbons puis aussi les cakes.

— Y sait pas mieux que moi.

De grands éclats de rire montent jusqu'au soleil. Bergère continue de brouter et lève la tête quand les cris se font plus stridents. Elle regarde, frémit des oreilles et fronce les naseaux puis repique du nez vers le talus herbeux.

— Foutez-moi le camp tous autant que vous êtes. Je vous appellerai quand ce sera cuit.

Le vent s'est apaisé. Le ciel est de plus en plus lourd de lumière. La fumée stagne à présent et envahit le chemin à la manière d'un brouillard d'automne. Cyrille s'y trouve à l'aise mais Bergère s'engage dans la sente qui conduit à l'Harricana. Cyrille continue sa chauffe sans cesser de répondre aux uns et aux autres

— Qu'est-ce qui t'a mis en tête de faire ton pain, le mien est pas bon ?

— Ma pauvre Charlotte, bien sûr que si, qu'il est bon. Mais je suis pas homme à faire trimer les autres. J'ai pas une âme de patroneux, moi.

Et ils rient tous en chœur dans la fumée qui, par moments, les fait pleurer. On entend claquer les portes de toutes les maisons. Le curé sonne la cloche. Les hommes crient sur les terres pour mener les bœufs et les chevaux.

— Ici, on peut vivre entre nous. On n'a besoin de personne.

— Je me demande si on devrait pas construire un moulin pour moudre notre grain et faire notre farine.

— On fera ça. Puis on peut même monter un moulin à scie pour débiter notre bois de charpente.

— Et une forge. On apprendra à ferrer, c'est pas sorcier.

Le chant des moulins est déjà là, avec le tintement du marteau sur l'enclume.

25

BERGÈRE s'est éloignée du feu d'enfer que Cyrille a entretenu durant plus de deux heures pour réchauffer cette voûte de terre qu'il a réparée et qui n'a pas servi depuis des années. Comme le soleil est très chaud, la jument a pris le layon qui file entre le lot des Garneau et celui de Florent. Près de l'Harricana, il y a de l'ombre et pas mal d'herbe odorante qui lui monte au poitrail. Seul inconvénient : la vermine ailée. Fort heureusement, à l'endroit où l'on amenait autrefois boire les troupeaux, il y a un affaissement de la berge et une espèce de plage en pente douce qui permet d'entrer dans l'eau. Alors, de temps en temps, à la manière des orignaux, Bergère se plonge dans l'Harricana pour se débarrasser de ce qui ensanglante ses flancs. Une fois bien trempée, elle sort de l'eau et se roule dans la boue de la rive. Elle se couvre de vase qui sèche au soleil et forme sur elle une vraie carapace protectrice.

Là-bas, le feu a cessé. Cyrille a tiré les braises dans l'étouffoir que les Garneau ont laissé en partant. Il a passé l'écouvillon qu'il a fabriqué avec une branche de saule, un vieux sac et un bout de fil de fer. Puis il a enfourné. Et Bergère s'en revient tranquillement vers le chemin du rang lorsque monte une bordée de jurons. La jument lève la tête, un long brin d'herbe en travers de la gueule. Elle cesse de manger et tend l'oreille. C'est l'orage. Elle se hâte en direction du four.

Cyrille est penché vers la gueule noire. Sur le rebord, se trouve une sorte de galette blanchâtre.

— C'est pourtant chaud, maudite affaire !

Avec un torchon, il empoigne à deux mains la galette et la casse sur son genou.

— C'est de la pioche !

Il respire à petits coups la buée qui monte de la cassure. Bergère qui s'est approchée hume l'air. Cyrille brise un morceau plus petit. Il souffle dessus un moment puis il le porte à sa bouche. Il mâche en imprégnant bien de salive et ne retrouve absolument pas le bon goût du pain que jadis on cuisait ici même. Il ne retrouve le goût d'aucun pain. Son visage se contracte.

— J'ai pas mis de sel ! Ça doit être pour ça que c'est resté blanc et tout raplati.

Il se retourne et fait trois pas en direction du chemin d'où les autres l'observent en se moquant de lui.

— Pouvez rigoler, bande d'arsouilles. Savez pas ce que c'est que de tenir un ménage tout seul. Attendez que ma femme revienne, elle vous montrera comment on fait du pain.

— Gueule pas, Cyrille, on t'en donnera, du vrai pain.

— Pouvez vous le foutre où je pense. J'ai besoin de personne, moi. Vous auriez trop de plaisir à me voir mendier à vos portes. Ben je préférerais crever la gueule ouverte. Je le sais, que tout le monde m'en veut. C'est pourtant moi qui ai tout fait ici. Si j'avais pas été là pour mener les chevaux, vous seriez restés à croupir dans votre merde. Si vous êtes riches, c'est à moi que vous le devez. Puis à présent...

Sa toux l'étrangle. Il crache et se calme un peu.

— Vous finirez bien par avoir ma peau. Je le sais. Mais je me défendrai jusqu'au bout.

Il sent qu'on le pousse doucement au milieu du dos. Il se retourne. Bergère est là, avec ses gros yeux sertis de moustiques. Cyrille en écrase quelques douzaines en trois caresses et essuie sa main pleine de sang sur son pantalon.

— Allez, viens ma belle. Y a que toi qu'es pas mauvaise ici.

Elle le suit près du four. Il casse un autre morceau de pain qu'il plonge pour le refroidir dans le seau d'eau où il a trempé son écouvillon.

— Tiens... Voir ce que t'en penses, toi.

Bergère mange. Elle avance d'un pas pour réclamer.

— T'as bien raison, c'est pas plus mauvais qu'autre chose.

Il grogne pourtant à chaque miche qu'il tire sur sa pelle de bois. Il les lance dans la corbeille.

Ce pain raté a fait renaître une colère que l'immense fatigue qui pèse sur lui avait fini par écraser. D'un tour des reins et des épaules, il charge la corbeille brûlante sur sa nuque et s'en va, plié en deux. Bergère le suit à quelques pas, se saoulant de cette odeur tiède qui monte des pains et lui emplit la gueule de salive au point qu'elle laisse couler un long filet de bave.

26

C'EST Bergère qui le réveille. Tout près de la fenêtre, deux hennissements très forts.

Nuit noire. Au premier appel Cyrille s'est dressé.

— Je savais qu'ils viendraient.

Il ne s'énerve pas. D'une main qui tremble à peine il cherche son pantalon qu'il enfile. Ses pieds trouvent tout de suite ses souliers.

— Pas le moment d'allumer.

Cyrille boucle sa cartouchière et empoigne son fusil. Le métal glacé dans sa main le rassure tout à fait.

La jument ne hennit plus, elle souffle rauque contre la porte. Presque un grognement de chien.

Cyrille ouvre avec mille précautions. Dès qu'il paraît, la jument ronfle plus fort encore. Elle piétine, très excitée.

— Bon Dieu, y doivent pas être loin.

Même pas pris le temps de ramasser son chapeau sur la table.

La jument fait quelques pas en direction de l'écurie et s'immobilise.

La nuit n'est pas tout à fait noire. Une clarté laiteuse ruisselle d'un ciel constellé mais voilé par les vapeurs que la chaleur du jour a tirées des forêts. Cyrille regarde à droite et à gauche. Lentement, il avance de quelques mètres. Il s'agenouille et demeure un moment parfaitement immobile. Ses yeux s'habituent à la pénombre. Les choses lui apparaissent, chacune à sa place, masses plus noires, poteaux, traverses de barrières. Il se soulève légèrement et regarde vers le sud. C'est chez Billon, au lot numéro un, qu'il a placé son lumignon de veille. Il perçoit la lueur. Pas un bruit, pas un souffle de vent. Seule la jument continue de remuer, d'aller et venir entre lui et l'écurie, et de pousser de petits hennissements pareils à des soupirs mal contenus.

— Y a quelque chose.

Cyrille avance à quatre pattes et rampe pour passer sous la barrière de bois. Aussitôt de l'autre côté, il s'immobilise. Son fusil d'une main, il se soulève lentement, très lentement, pour scruter le chemin.

— Sont tout de même pas venus à pied.

Il a besoin de se parler, mais les mots ne passent pas ses lèvres.

Il ne voit rien.

— Si c'est eux, qu'est-ce qu'ils attendent ?

Une auto peut très bien être garée devant l'église.

Il se met sur ses pieds mais demeure cassé en deux pour progresser au ras des clôtures, s'arrêtant souvent pour écouter et observer mieux. Les ombres ont de drôles de formes. Certaines se meuvent. D'autres sont habitées. A gauche de la maison de Koliare, quelqu'un est caché. C'est certain. Cyrille vient de le voir changer de position. Il le distingue trop mal pour tirer.

— Si je me redresse, je vais faire une belle cible.

Il rampe de nouveau mais, cette fois, c'est pour quitter le chemin et entrer sur la terre des Mélançon. Depuis qu'il a fait les foins, le regain a poussé, il n'est pas haut, mais assez pour le dissimuler. Il continue sa reptation et va ainsi jusqu'à hauteur de la grange de l'Ukrainien dont il s'approche le plus possible. La clôture qui sépare les deux lots est encore debout. Il se colle contre un des poteaux et glisse son fusil entre les deux traverses supérieures. D'ici, il voit beaucoup mieux cette forme accroupie tout contre le pignon de la maison. Son index tremble légèrement sur le métal froid de la détente. Il hésite. Il voudrait tirer mais il n'y parvient pas. Sans bouger, il crie :

— Avance sans arme ou je tire.

Rien. La forme ne bouge pas d'un pouce.

— Si à trois t'avances pas, je tire. Un... deux... trois.

La flamme déchire l'obscurité et la détonation ébranle l'immensité. La forêt s'ébroue. Des nocturnes poussent leurs cris. Il y a des froufroutements d'ailes un peu partout mais la forme accroupie n'a toujours pas remué.

Cyrille attend quelques très longues secondes, puis il se dresse et enjambe la barrière. Il ne prend plus aucune précaution. L'homme est certainement mort et ses complices doivent se sauver. La sueur ruisselle tellement sur le visage de Cyrille qu'il doit s'essuyer les yeux à deux reprises avant d'atteindre l'ombre de la maison.

Il n'y a ici que l'énorme souche qu'avait amenée Cadieu et sur laquelle l'Ukrainien fendait son bois. C'est là-dessus que Cyrille a tiré.

D'un coup, ses nerfs se détendent et il part d'un immense éclat de rire.

Son fusil à la bretelle, il revient par le chemin. Bergère l'attend. Dès qu'il atteint la barrière, elle part en direction de l'écurie. Son pas est loin d'être normal et ses petits hennissements reprennent. Du coup, l'inquiétude de Cyrille revient.

— Dis-moi pas qu'y a du monde là-dedans !

— Peut-être pour foutre le feu.

— C'est ça, ils ont refermé la porte.

Il entre rapidement chez lui pour chercher sa lanterne

qu'il n'allume pas. La jument reprend tout de suite le chemin de l'écurie.

Dès l'approche, une odeur fade. Cyrille ouvre. L'odeur grandit.

— Créyé ! Comme quand on tue le cochon !

Il s'arrête. Bergère est restée en retrait. Elle continue de souffler et de battre du sabot. Cyrille pose son fusil contre les planches. D'une main qui tremble beaucoup, il craque une allumette et allume sa lanterne. La tenant à bout de bras devant lui, il entre. Sur le coup, il a le souffle coupé.

Du sang ! Du sang partout. Cyrille avance, revient, repart. Le faisceau tremblant balaie dans tous les sens. Pas un mouvement. Pas un gloussement. Pas un souffle de vie.

— Plus rien.

Prêt à vomir, il sort dans la nuit et s'éloigne.

— Blanc !

Tout est blanc de plumes et gluant de sang. Il ne voit ni le ciel ni la maison. Il ne voit que les cadavres éventrés, les gorges ouvertes, les têtes coupées, les ailes arrachées, la ventraille répandue. Le poulailler, l'étable, l'écurie, blancs de plumes et rouges de sang.

27

CYRILLE ne s'est pas recouché. Avec des gestes d'automate, sans vraiment savoir ce qu'il faisait, il a allumé son feu et mis chauffer de l'eau. Il s'est assis, le regard rivé à la grille du foyer. Le bruit des gouttes d'eau tombant sur la fonte chaude l'oblige à se lever. Il coule son thé qu'il apporte sur la table.

La porte est restée grande ouverte. La nuit est tiède et, pourtant, Cyrille frissonne à plusieurs reprises. Il boit du thé brûlant à petites gorgées. Assis les coudes sur la table et la tête dans ses mains, il fixe à présent le seuil de bois qu'éclaire la clarté d'eau trouble des étoiles.

L'odeur du sang est là, collée à ses vêtements. Elle l'écœure.

Bergère se tient à quelques pas de la porte. Elle ne cherche même pas une herbe. Cyrille l'entend souffler des naseaux, soupirer, se secouer en battant du sabot pour essayer de chasser les nuées de vermine qui l'assaillent sans répit. Elle fait quelques pas. Va parfois jusqu'au bord du chemin puis revient se planter là. Sa grosse tête avance dans l'embrasure de la porte. Elle respire à petits coups comme un chien en quête. Elle se retire pour se secouer plus à l'aise.

— Je me suis pas méfié. Abruti que je suis. Je le savais pourtant, qu'y en avait.

— Ça fait tout de même des années qu'on en a pas vu dans ce coin.

— Tu te rappelles ? Quand j'ai tué une femelle prête à mettre bas.

L'Ukrainien est là, avec son fusil fumant à la main. Sa voix a empli la pièce qui sonne un moment comme un tonneau vide. Le silence se reforme. Rond et plein.

— Ça peut pas être autre chose. J'ai bien vu ses traces.

— Quatre doigts bien écartés et une boule au milieu.

— Y en a qui appellent ça un loup-cervier.

— Je sais.

Cyrille a lu rapidement les empreintes à la lueur de sa lanterne, mais il ne s'est pas attardé. L'estomac lui montait à la gorge. À présent, il se demande s'il n'a pas vu de grosses empreintes et d'autres plus petites.

Sa main droite posée sur la table se soulève et se met à trembler. Son buste se redresse. Son poing se ferme et cogne par trois fois le bois. Le bruit est énorme dans cette nuit aqueuse. Cyrille tremble. Son corps et ses membres sont secoués comme lorsqu'il se tient sur la herse en plein labour. Sa voix grince :

— Koliare, Bon Dieu ! T'as tiré une femelle prête à mettre bas.

— Je l'ai pas ratée.

— Tu l'as ratée, vaurien ! Puis t'es parti. À présent, elle revient avec ses petits. Elle revient m'exterminer ma volaille. Et qu'est-ce qu'y me reste, à moi ? Qu'est-ce qu'y me reste ?

Sa voix se brise, un gros sanglot crève et Cyrille retombe sur sa chaise. Vidé. Le corps affaissé, un coude sur la table et l'autre sur une cuisse, la tête cassée et la barbe sur la poitrine. Les larmes lui font du bien. Elles sont comme une pluie fraîche sur ses nerfs à vif. De longues minutes, il pleure doucement. Ses sanglots étouffés se muent en un ricanement.

— Un fantôme de lynx.

— Y t'a tué des fantômes de poules.

— C'est la femelle qui est revenue avec ses petits.

— Ses petits qui ont grandi.

Le ricanement ne va pas bien loin. Le chagrin embusqué reprend le dessus.

— Ce grand con de coq qui a même pas gueulé.

— Ces bêtes-là, quand ça dort...

— De toute façon, y a pas plus bête que les poules.

Il se tait. Son visage se crispe. Sa voix se fait plus ferme avec de nouveau des lueurs d'orage.

— Bonyeu ! mais c'est vrai. Quand je suis sorti, Bergère voulait me mener vers la grange. Si je l'avais suivie, peut-être que le massacre était pas fini.

Il se lève. Cette fois, la rage le saisit tout entier et le pousse dehors où les étoiles commencent à pâlir tandis que monte la première clarté de l'aube. Il se précipite jusqu'au chemin. Le poing tendu vers le sud, il hurle à se briser la voix :

— Si vous étiez pas tous des salauds. À vouloir nous prendre notre terre, je serais pas allé tirer sur un billot. J'aurais tué le lynx puis j'aurais encore mes poules.

Bergère qui l'a suivi le pousse entre les omoplates. Il grogne :

— Bon Dieu de bon Dieu, je suis damné.

Cyrille regagne sa cuisine. Machinalement, il recharge son feu et va reprendre sa place. Le poids de cette fin de nuit moite est sur la maison. Il écrase la grange qui pue le sang, il écrase les cultures et la forêt. La mort s'étend comme la brume qui déborde les rives du fleuve entre les buissons et les arbres.

La mère Lynx passe, oreilles pointues bien droites, ventre rond gonflé de vie, menton barbu qui lui donne l'air d'un vieillard, pattes énormes, queue très courte. Elle fixe Cyrille. Son regard porte davantage de douleur que de haine.

— C'est pas moi qui t'ai tirée, c'est Koliare. À l'époque je sais même pas si j'avais des cartouches.

Cyrille s'ébroue comme s'il venait d'essuyer une averse. Il martèle la table et se lève.

— Maudit... Je suis maudit. Faut que je paie pour les autres. Qu'est-ce que j'ai donc fait au bon Dieu, moi, pour vous avoir tous sur le dos. Qu'est-ce que vous avez donc à vous en prendre à moi, hein ? Qu'est-ce que vous avez ?

Il démarre d'un coup en renversant sa chaise. S'arrête sur le seuil où Bergère lui barre la route. Revient en maugréant :

— Oui ! Et alors ? Je suis pas resté ici pour m'amuser. Élodie, je lui ai même envoyé des sous tant que j'ai pu. C'était pas à moi d'aller crever à la ville. C'était à eux autres de revenir. La terre pouvait les nourrir. Elle peut encore !

L'inévitable toux vient le museler. Il découvre le foyer et crache sur les braises rouges, puis, une main sur sa poitrine en feu, il sort lentement. Son autre main caresse l'encolure de Bergère. Cette présence l'apaise. Il s'immobilise et contemple l'aube cendrée qui enveloppe les maisons et baigne les terres. Seules les toitures et la cime des arbres émergent de ce duvet sur lequel jouent la lumière blonde et les ombres bleutées.

28

L'AUBE a grandi. Elle a creusé de longs sillons tortueux dans les brumes tièdes de la nuit. Elle mêle aux moiteurs oubliées la fraîcheur d'un souffle qui fait soupirer la forêt. Les oiseaux volent au ras du sol dans le tournoiement épais des insectes. Cyrille quitte l'enclos. Il laisse sortir Bergère puis referme la barrière. Son pas est assuré. À peine un peu pressé. Comme s'il s'éloignait de quelque chose qui risque de le poursuivre, il se retourne souvent. Il prend bientôt sur sa droite par la sente étroite qui conduit à l'Harricana. Bergère est toujours derrière lui. Il marche. S'arrête pour bourrer sa pipe qu'il allume d'une main qui tremble à peine. Contrairement à ce qui se passe d'habitude, la vermine ailée est moins nombreuse ici que près de chez lui. Cyrille repart et se retourne encore au moins dix fois avant d'atteindre la rive. Bergère l'a devancé. Elle l'attend en broutant quelques branches de saules têtards. La buée traîne sur l'eau et sur les cultures. L'autre rive est encore dans l'ombre violette sous le moutonnement lumineux des feuillages.

Cyrille demeure immobile un long moment. Il fume à petites goulées régulières. Il s'arrête, le front plissé, fouillant du regard les plis de l'eau à l'endroit où se forment les remous, au bout de la digue de grosses roches.

— J'avais charrié tout ça, avec Cadieu. On s'y est tous mis, pour faire cette digue. C'était pour abriter les bateaux. Comme ça, dans la petite crique, les bêtes pouvaient entrer dans l'eau pour boire sans risque.

Il se tait. Sa voix ne semble guère porter plus loin que le bout de la digue. Pourtant, le silence n'est habité que par des cris d'oiseaux. Cyrille tire nerveusement sur sa pipe éteinte qu'il se hâte de rallumer. Ses dents mordent très fort le tuyau de corne. Il souffle trois grosses bouffées puis, suivant de nouveau des yeux le remous qui se forme à hauteur de la dernière roche pour venir mourir sous un buisson, il se met à parler à mi-voix, sans desserrer les dents de sa pipe :

— T'aurais jamais dû venir là, Martin, tu serais encore de ce monde. Les tiens seraient pas partis. Si t'étais là, les autres seraient pas tous après moi à m'achaler comme ils font.

Il retire sa pipe d'entre ses dents et se met à gesticuler.

— Si t'étais là, ces salauds auraient pas enlevé les fils. De quoi ça a l'air, ces poteaux sans rien dessus. Ça sert plus qu'aux corbeaux.

La jument s'est approchée lentement de la rive. Elle fait trois pas dans l'eau et se met à boire.

— Tu fais bien. Ça économise le baquet. Si y vient pas une averse, faudra bientôt que j'amène les génisses ici.

Bergère se redresse. Un fil d'eau coule de sa gueule dans le soleil qui monte.

— Allez, viens-t'en. Faut tout de même que je me soucie de ce carnage.

Ils reprennent le sentier. La rosée luit sur les herbes. Un soupçon de fraîcheur monte mais déjà l'air sent la chaleur du plein jour.

— Je peux vous dire que tout ce que vous manigancez contre moi, c'est peine perdue. Vous me ferez pas m'en aller. Personne partira.

— T'as raison, Labrèche, on s'en ira pas.

— Des poules, on en trouvera d'autres.

— T'es certain que c'est une bête qui les a tuées, tes volailles ?

Il s'arrête comme s'il venait de buter contre un mur.

— Bon Dieu ! C'est peut-être bien ces salauds. Pour s'en venir après brûler ma grange. Plus de bêtes, plus besoin de grange.

Il repart d'un pas vif. Ses bras vont dans tous les sens. Il a fourré sa pipe dans sa poche et rejeté son chapeau en arrière. Le soleil qui monte très vite fait étinceler la sueur sur son front blanc. Un filet de salive luit sur sa barbe.

— Je finirai bien par en tuer un. Ça donnera sûrement à réfléchir aux autres.

Il referme la barrière, fait quelques pas en direction de l'écurie puis se reprend.

— Faut commencer par creuser un trou.

Il va prendre une pelle et une pioche dans la grange. Jamais il n'y a eu là autant de mouches et jamais elles n'ont été pareillement excitées.

— C'est tout ce sang qui les rend folles.

Il va vers l'écurie.

— C'en est noir !

Un tourbillon épais, pareil à celui des abeilles lorsqu'elles forment leur essaim, occupe l'air. Ça entre et ça sort sans arrêt, et ça se pose et ça repart. Cyrille laisse ses outils et revient à la grange. Il en sort avec une botte de foin d'une main et sa faux de l'autre. Il pose le foin à quelques pas de la porte sanglante puis s'éloigne et va faucher le long du talus. Il fait deux voyages avec sa brouette et couvre d'herbe verte le foin sec qu'il vient d'allumer.

— Avec une boucane pareille, vous allez peut-être me foutre la paix !

Le temps est calme. L'épaisse fumée stagne et enveloppe les bâtiments. Cyrille la regarde un moment et s'en va à une trentaine de pas de la maison pour creuser un trou. La terre piétinée par les bêtes est dure sur la hauteur de deux bons fers de bêche, mais, plus bas, elle est meuble et garde encore de la fraîcheur et de l'humidité. Les vers y sont nombreux. Les mésanges et les merles à gorge rousse se les disputent.

— Les poules viennent donc pas ?

C'est pour elles qu'il creuse. Il avait soixante-trois têtes de volaille.

— J'avais de quoi en donner à tout le rang.

Il regarde au bout du pré. Les trois génisses et le taurillon sont bien là.

— Qu'est-ce qu'il peut leur arriver ?

Il soulève son chapeau, s'éponge le front d'un revers de manche et écrase quelques bestioles.

— Un tas de choses.

Bergère se tient à l'écart en raison des nuées qui continuent de bourdonner. Un vol de martinets tournoie et plonge dans la fumée.

Cyrille qui vient de quitter son trou les observe un moment.

— À la tombée de la nuit, c'est les engoulevents qui vont se régaler, tiens !

Soudain, quelque chose le tracasse. Il cherche. Il y a au fond de lui une idée, peut-être un souvenir qu'il ne parvient pas à saisir.

— Bon yeu, mais qu'est-ce que c'est donc ? Je le tenais. Je le tenais. Je l'avais là, au bord de la glotte et c'est parti.

Frustré, furieux contre ce qu'il y a en lui qui refuse de fonctionner, il se décide à aller chercher sa fourche et sa brouette pour entrer dans l'écurie. Le bourdonnement des insectes est tel, en dépit de l'épaisse fumée, que Cyrille doit serrer les lèvres et fermer à demi les yeux. Il se hâte de charger les cadavres qui puent déjà fort. Des têtes, des pattes, des ailes arrachées sont éparpillées partout.

— Ils ont dû en emporter.

— Faudra balayer.

— Faudra tout laver aussi.

— Ça va puer des jours.

— Heureusement que Bergère peut vivre dehors.

Quatre voyages. Quatre pleines brouettes avec les mouches par milliers qui suivent. On dirait qu'il en arrive encore. Il y en a toujours autant dans l'écurie, et des nuées sur le trajet, des nuées dans le trou qu'il a creusé, sur la terre tout autour. Non contents de tout ce sang et de cette viande offerte, les frappe-à-bord féroces aux ailes rayées et aux yeux de métal luisant viennent s'en prendre à ses mains et à son visage. Il en écrase en criant :

— Pouvez y aller, le vieux est coriace !

Ses paumes et ses doigts sont couverts de sang. Le sien, celui des poules, celui qui sort du ventre des insectes écrasés.

Lorsque son trou est refermé sur les cadavres, les moustiques et les taons deviennent plus virulents encore. La jument pique des temps de galop et fonce jusqu'au fond de l'enclos.

— M'en vas t'ouvrir. Tu te sauveras pas.

Il l'a conduit sur le chemin et referme la barrière à cause des génisses et du taurillon. Bergère le regarde un moment avec étonnement.

— Va plus loin, y aura moins de saloperie. Je m'en vais laver tout ce sang.

Il faut qu'il parte vers l'écurie pour que Bergère se décide à s'éloigner en direction du fleuve.

— C'est ça, va faire l'orignal. Roule-toi bien. Ça protège.

Il vient prendre son seau et un balai. Il regarde le soleil qui commence à décliner et répète plusieurs fois :

— C'est un temps pour brûler.

29

Ce soir, les engoulevents sont en chasse bien avant l'heure où s'épaississent les cendres du crépuscule. L'air des hauteurs est encore doré qu'ils commencent à tournoyer et à piquer. Leurs « ptins » nasillards font vibrer la lumière. Lorsqu'ils plongent pour venir voler au ras du sol, leurs longues ailes en lame de faux et la fourche de leur queue fendent l'air avec un « vrrou » métallique. Ils se tiennent au-dessus de la maison et de la grange beaucoup plus que sur les eaux de l'Harricana. Cyrille les observe un moment, et, d'un coup, ce qu'il a vainement cherché tout à l'heure se trouve là, devant lui, bien présent.

— On brûle sur les abattis à l'heure des engoulevents.

C'est l'abbé Chavigny qui parle.

— Y disait toujours ça.

— Et c'est lui qui décidait du jour. C'est lui qui donnait l'ordre de feu.

— C'était un tout bon, celui-là.

— Il hésitait pas à mettre la main à la hache.

— Et à mener les bœufs.

— C'est en 56 qu'il est mort ?

— Oui, quelque chose comme ça.

— Du cœur.

— Y pouvait pas mourir d'autre chose, celui-là !

Cyrille demeure un long moment à écouter le père Chavigny qui répète .

— A l'heure des engoulevents.

C'est lui qui reprend tout haut cette phrase où il trouve une sorte d'apaisement. Puis, d'une voix claire, très fort il lance :

— Allez prévenir les autres, on va donner l'ordre de feu.

— Dites-le aussi aux femmes.

— Que chacun apporte une fourche et une pelle.

Il entre dans sa grange où la nuit occupe déjà les recoins les plus reculés. Il prend une fourche et pique une grosse botte de paille. Il la charge sur son épaule et va chercher sa plus large pelle.

— Si t'as pas une pelle bien plate et bien large, tu peux pas maîtriser ton feu. Y a toujours des flammes qui foutent le camp sous les herbes comme des serpents. T'es jeune, t'as jamais fait de feux d'abattis. Tu vas voir, c'est pas une partie de plaisir.

Il sort et se dirige vers le long tas de racines, de souches et de branchages que Bergère a traînés au centre de sa terre défrichée. Il a pris par l'autre côté de la barrière et laissé Bergère dans l'enclos. Elle le suit tant qu'elle peut aller puis, arrêtée par la clôture du fond, elle le regarde s'éloigner. Lui ne l'a pas vue. Il est en un autre temps. Il parle à ceux qui l'accompagnent et ne savent pas encore ce que sont les brûlis.

— Faut bien tout regarder. Bon, tu donnes toujours l'ordre de feu un soir calme. Y a pas de vent, mais tout de même un tout petit peu. Alors, tu sais que si ça devait se lever d'un coup, faut être paré. Ça s'est vu, que ça se lève d'un coup. Faut toujours allumer à l'inverse du vent.

Il va jusqu'à son tas puis, ayant posé sa paille et ses

outils, il sort son tabac et bourre tranquillement sa pipe en observant le ciel où les étoiles naissent sur un fond qui va de l'orange au turquoise.

— Tu vois, le mieux, c'est encore ça.

Il souffle sa fumée en l'air. Très lentement. Les volutes s'inclinent vers sa droite comme une tige souple qui se couche.

— Ça pousse un tout petit peu vers l'ouest. C'est de ce côté-là qu'il faut allumer.

Il reprend sa botte de paille qu'il va glisser sous des branchages. Il tire par-dessus quelques fourchées de résineux qui pétillent avant d'être enflammées.

— Tu vas voir, comme ça va y aller !

Sa voix aussi se met à flamber avant même qu'il ait tiré une allumette de la poche de sa chemise. Il craque la tête de phosphore sous son ongle et approche la flamme de la paille. Un brin se tortille, puis un autre. Très vite, le feu se propage. De la fumée monte, tourne et se love. Elle vient raser le sol pour envelopper Cyrille d'une large écharpe grise. La flamme grandit, rampe sous le bois qui craque et crache. La résine pleure, les aiguilles d'épinette pétillent et le brasier commence à dégager de la chaleur.

Cyrille se recule. L'air brûlant monte et creuse des puits dans la fumée. Déjà les engoulevents et les martinets se rapprochent. Le ronflement de leur vol se mêle au bruit du feu qui prend de l'ampleur. Cyrille se retourne et regarde derrière lui. Il semble que la lueur des flammes hâte l'approche de la nuit. Il fait une dizaine de pas pour s'éloigner du foyer.

— Ça y est, c'est allumé partout.

— Dites donc, mon père, est-ce que vous allez faire chanter les enfants ?

— Des feux d'abattis sans qu'on chante, ça s'est jamais vu

— Vous inquiétez pas. Les femmes les amènent.

— Et ça se verra pas.

— Dis donc, Koliare, tu vas nous chanter un truc en ukrainien.

— C'est sûr, puis je vous ferai ma danse aussi.

Cyrille prend sa pelle et bondit. Il cogne à grands coups pour tuer la petite flamme qui a rampé sous la mousse et vient de pointer à plus de vingt pas du feu. Une autre s'allume dans la direction opposée.

— Allez, petit gars, je te l'ai dit, que c'est pas de la rigolade !

Il bondit de nouveau et cogne sur le feu qui se couche, fait le mort puis renaît dix fois au moins.

— C'est que si on n'est pas assez nombreux, ça a vite fait de vous déborder.

— Faut toujours faire ça quand on est en nombre.

Cyrille a l'œil partout. À mesure que le feu prend de l'ampleur, les couleuvres d'or sont plus nombreuses à se couler sous le tapis d'herbe pour relever la tête d'un coup et allumer un petit foyer. Des étincelles giclent aussi. Cyrille ne cesse de bondir d'un bord à l'autre. Plus la nuit s'épaissit, mieux il les repère.

— C'est pour ça qu'on brûle pas de jour.

— Allez, vous endormez pas, tapez-leur sur la gueule.

La sueur ruisselle sur son visage et pique ses yeux. Il n'a même pas le temps de s'essuyer.

— Puis faut balancer au feu les souches qui ont pas brûlé.

C'est le plus pénible. Ces souches très lourdes, avec leur chevelure de racines, qu'il faut faire basculer, rouler, pousser tant bien que mal jusqu'au plus gros du foyer.

Après une heure de cette besogne, Cyrille est bien plus noir qu'à l'époque où il livrait le charbon dans les rues de Montréal. Pas un instant pour souffler. Plus le feu se propage à travers souches et branchages, plus il doit bondir vite pour éteindre les flammèches qui volent et tombent un peu partout, plus il doit se hâter d'un serpent de flamme à l'autre. Par trois fois il lui faut empoigner à pleines mains le bas de son pantalon qui commence à brûler. Ses chaussures fument et la chaleur devient intenable. Il court au fossé de drainage qui longe la clôture de l'ancien lot à Fatin. Ébloui par les flammes, dès qu'il s'en éloigne il est aveugle. Il trébuche. Arrive tout de même au fossé où il saute dans l'eau vaseuse jusqu'aux genoux. Le froid est un bonheur. Il emplit son chapeau et le remet sur sa tête. Cette douche le comble de joie et lui rend toute sa vigueur.

— Allez, foutez-vous à la flotte !

Il court pour repartir plus vite encore qu'il n'est venu.

— Bon Dieu, ça va nous gagner.

Une large langue de feu progresse en direction de la forêt.

— Si ça prend par là, c'est foutu. Allez !

Il ne crie plus. Il n'a peur que d'une chose, c'est que sa toux ne l'oblige à s'arrêter. Il souffle :

— Ce serait foutu... Foutu... Foutu....

Il parvient à maîtriser quelques gros foyers. Tout devient trouble. Sa fatigue est telle que sa vision se brouille. À plusieurs reprises, il chancelle. Des papillons noirs voltigent entre lui et les flammes. Papillons minuscules qui sont à l'intérieur même de sa vision et qu'il continue de voir lorsqu'il ferme les yeux.

— Ce serait pas le moment de tomber.

La nuit très épaisse s'est encore approchée. Elle a enseveli sous ses velours tout ce que n'éclaire pas l'énorme foyer.

Cyrille fait trois fois le tour de son feu sans avoir à cogner de la pelle. Tout ce qui risquait de s'enflammer dans un rayon de cent pas a brûlé.

— Cette fois, y a plus de risque.

Il regarde encore alentour, scrute jusqu'aux premiers arbres, s'écarte pour mieux voir et revient.

— On s'en est rendu maître.

— Reste à s'occuper des souches.

Durant deux longues heures encore, il va se roussir le poil à fourgonner dans cette fournaise, à remuer de la braise, à déplacer d'énormes moignons à demi calcinés.

Lorsqu'il ne reste plus qu'un brasier bien rassemblé au centre d'une vaste place noire et fumante, Cyrille reprend sa fourche et sa pelle et s'éloigne lentement.

Ébloui, il s'enfonce dans cette obscurité palpable. Il trébuche. Il titube. La fraîcheur l'enveloppe. Il va en longeant la clôture jusqu'au moment où une présence l'arrête. Bergère est toujours à l'extrémité de l'enclos.

— Tu m'attendais, ma belle.

Cyrille peut à peine parler. Il a la bouche et la gorge comme s'il venait de mâcher de la cendre chaude. La jument le flaire. Il a un petit rire :

— Ça sent le cochon grillé, hein. Ben ma vieille, c'est toujours comme ça. Et les autres sont comme moi.

Il la flatte un moment. Son regard s'est débarrassé des lueurs. La nuit s'éclaire. Les formes sortent peu à peu du sol. Cyrille reprend sa marche.

Arrivé près de sa maison, il regarde vers l'est. L'horizon pâlit déjà.

— Ça vaut plus le coup que je rentre. Puis je vais pas me coucher dans cet état.

Il pose ses outils, va jusqu'au baquet où il plonge ses mains en coupe. Il boit longuement cet eau croupie où ses bêtes viennent tremper leur mufle. Après avoir tourné comme un chien qui cherche sa place, il s'assied dans l'herbe à quelques pas de la grange. Sa tête pique deux fois en avant. Il lutte à peine contre la fatigue. Assommé de sommeil, il s'allonge sur le sol humide de bonne fraîcheur. Insensible à la morsure de milliers d'insectes, il dort. À deux pas de lui, Bergère immobile le regarde.

Troisième partie

LE CLOCHER DE VAL CADIEU

30

CYRILLE arrête son attelage devant la gare. Il attache Bergère à la main courante de l'escalier.

— Ce sera pas long.

Il parle sec, en crachotant beaucoup. Ses mains tremblent un peu et son visage est tiraillé de tics nerveux. Il monte l'escalier, contourne le bâtiment et ouvre brusquement la porte vitrée. Deux employés sont là. Un brun d'une trentaine d'années assis à une table et qui écrit. Un autre plus jeune, large et épais, coiffé d'une casquette d'où débordent des cheveux châtains. Il se tient debout devant une écritoire sur laquelle sont empilés de gros registres. Tous les deux regardent Cyrille qui, aussitôt entré, lance :

— Alors, où y sont ?

L'homme qui est assis demande :

— Quoi donc ?

— Fais pas l'imbécile, tonnerre de Dieu ! Je t'avais dit de me prévenir quand les premiers arriveraient. T'as rien fait.

Les deux hommes s'interrogent du regard. Le brun se lève et avance en direction de Cyrille.

— Qu'est-ce que vous racontez là ? Je vous ai jamais vu, moi.

— Menteur ! T'étais là. Je te reconnais. Je t'ai dit

d'aviser Robillard. A présent, les colons sont déjà sur d'autres rangs. Moi j'ai tout fait pour rien. Vous êtes tous des salauds vendus au gouvernement.

Le gaillard qui se tenait près du pupitre s'avance.

— Ho là ! Grand-père. Doucement.

— Le grand-père, y va te faire voir, morveux.

— Il est cinglé, ce type.

Comme l'employé s'approche encore, le poing de Cyrille part, mais l'homme se méfiait, il esquive et le coup porte sur son épaule. Il empoigne le bras de Cyrille qui cogne de l'autre main et des pieds. Sa bouche écume. Les hommes prennent des coups mais parviennent à le plaquer au sol où le plus fort l'immobilise en lui tordant un bras. Cyrille pousse des hurlements. Il déverse un flot de jurons et de mots à moitié hachés. Au moment où celui qui le tient dit :

— Appelle la police,

la porte s'ouvre. Un homme d'une quarantaine d'années entre et ordonne :

— C'est Labrèche. Je le connais. Y va se calmer.

— Il est fou, chef!

— Lâchez-le!

L'employé se soulève et ouvre une main. Pareil à une lanière de fouet, Cyrille se détend. Il se dresse d'un bond et empoigne par le dossier une chaise qu'il lève au-dessus de sa tête. Un pied accroche le globe électrique qui vole en éclats. La chaise s'abat. L'homme qui vient d'entrer fait un écart et la chaise se fracasse sur l'angle d'un bureau. L'employé solide qui a perdu sa casquette plonge et ceinture Cyrille qu'il entraîne dans sa chute. Aussitôt, les deux autres se précipitent. Cette fois, ils n'ont aucun mal à l'immobiliser. La toux qui secoue l'homme de Val Cadieu le casse en deux. Le chef dit :

— C'est pas la police qu'il faut appeler, c'est l'hôpital. Tenez-le sans lui faire de mal. Je vais téléphoner.

Cyrille est assis par terre. Il crache entre ses jambes. Les deux cheminots le tiennent chacun par un bras. Sa toux reprend. On dirait que son souffle va se briser.

— Tu veux te mettre sur une chaise? demande le plus costaud.

Il fait oui de la tête. Les deux hommes le relèvent. Ils l'aident à s'asseoir sans desserrer leur prise. Le chef de gare revient déjà. Il regarde le visage de Cyrille où les larmes se mêlent à la sueur. Sa tête, ses membres, son corps, tout est secoué d'un terrible tremblement. Le chef propose :

— Est-ce que tu veux boire?

— Oui.

— Si on te lâche, tu vas te tenir tranquille?

— Oui.

Sa voix est à peine audible. Il semble vidé de sa vie.

Les hommes le libèrent. Il s'affaisse un peu plus. Tandis que le petit brun va chercher un verre d'eau, le chef désigne l'autre employé et dit en riant :

— Heureusement que Régeant joue au hockey, y craint pas les coups.

L'autre se met à rire aussi.

— Sûr que j'ai l'habitude d'en prendre.

Cyrille boit avec avidité. Sa main tremble tellement qu'il renverse une bonne partie de l'eau sur sa chemise. La voix un peu moins nouée, il fait :

— Si j'avais pas cette maudite bronchite...

— Sûr que vous êtes solide, dit le hockeyeur. Mais ça sert à rien de se battre.

Cyrille fait mine de se lever.

— Restez un moment tranquille, dit le chef. Le docteur va arriver.

Cyrille fronce les sourcils.

— J'ai pas besoin de docteur. J'ai ma jument qui m'attend. Laissez-moi m'en aller.

Il fait un effort pour se lever mais les autres n'ont même pas à intervenir. C'est sa toux qui, de nouveau, le cloue sur sa chaise. La brûlure est profonde. Il y a, au fond de lui, de la lave en fusion qui roule. Il tire de sa poche un vieux mouchoir déchiré où il crache.

Le chef s'avance.

— Ça va vraiment pas, mon pauvre Labrèche, voilà que vous crachez du sang, à présent.

Cyrille ne parvient même plus à parler. Il continue de tousser et d'expectorer jusqu'au moment où trois hommes en blouse blanche entrent dans le bureau. Là, comme si leur vue lui redonnait des forces, il parvient à se lever.

— Laissez-moi. Je veux rentrer chez moi. J'ai ma jument. Puis j'ai mes bêtes.

L'un des infirmiers qui a une bonne face rouge et une grosse voix dit :

— On va juste vous donner ce qu'il faut pour vous empêcher de tousser. Mais le docteur doit vous examiner. Tout de suite après, on vous ramène.

— Et ma jument ? Je peux pas la laisser.

Il a une petite voix aiguë qui implore. Le chef de gare intervient.

— Je vais appeler le forgeron. Y viendra la chercher. Elle le connaît. Il a ce qu'il faut pour la nourrir.

— C'est ça, dit l'infirmier. Dès que vous aurez vu le docteur, on vous mène à la forge.

Cyrille est si faible qu'ils doivent l'aider à se lever

— On va prendre la civière.

— Ça, je veux pas !

Il se raidit. Ses jambes tremblent et se dérobent sous

lui. Deux infirmiers le prennent en chaise et le portent sans qu'il trouve la force de se défendre.

Dehors, il regarde sa jument. Sa voix pareille à celle d'un enfant malade implore :

— Bergère... Laissez-moi m'en aller... Je veux pas...

Mais la toux le reprend et le muselle. Au moment où les infirmiers montent avec lui dans le gros fourgon blanc, il tourne la tête et parvient encore à voir sa jument qui le regarde en tirant sur sa bride.

Le fourgon démarre. Les portes sont closes, et Cyrille n'entend pas un long hennissement. Bergère tire de plus en plus fort sur cette courroie de cuir qui la tient prisonnière de cette rambarde de fer. Elle tire, elle tire en agitant ses grelots.

31

CYRILLE se réveille. Sa bouche est pâteuse. Une lueur trouble coule d'une fenêtre qu'il distingue à peine. Sa tête sonne.

— Bon Dieu, où je suis ?

Il s'assied. Il n'est pas dans son lit et, tout de suite, il revoit les blouses blanches, les murs blancs, les visages.

— Merde, y m'ont endormi, les vaches !

Sa voix résonne curieusement. Il va pour se lever et la porte s'ouvre. La lumière s'allume et l'éblouit. Tout est blanc et vert pâle. Un homme entre qui dit :

— Faut pas vous lever, monsieur Labrèche. Si vous avez besoin, il y a la sonnette.

— Quelle heure qu'il est ?

— Quatre heures. Ne faites pas de bruit.

— Mais bon Dieu faut que je parte, moi. Et ma jument, où elle est ?

— Chez le forgeron. Vous faites pas de souci.

L'homme s'est approché. Il porte une blouse et une petite toque blanches.

— Je vais vous faire une piqûre.

— Ah non ! C'est déjà ça qui m'a sonné. Je tousse depuis plus de vingt ans. On m'a pas fait de piqûres et je suis pas mort.

— Non, mais ça s'aggrave.

— Laissez-moi me lever, je veux aller chercher ma jument et soigner mes bêtes.

— À cette heure-ci, le forgeron est pas réveillé.

— Laissez-moi m'habiller.

— J'ai pas vos vêtements.

— Bon Dieu, y m'ont pris mes habits. Mais qu'est-ce que c'est, ici, l'hôpital ou la prison ?

L'homme pose sa main sur l'épaule de Cyrille. Il a l'air fort et doux. Il s'assied d'une fesse sur le bord du lit et dit :

— Écoutez, monsieur Labrèche, si le chef de gare était pas un brave homme, vous y seriez, en prison. Vous vous souvenez de ce que vous avez fait ?

— Y m'ont menti. Je sais que des colons sont arrivés.

— Les employés n'étaient pas au courant.

— Pas au courant ?

— À sept heures, le docteur va venir. Il vous donnera de quoi vous soigner et vous partirez. Les colons, il va en arriver d'autres.

— Je veux pisser.

— C'est là.

Il lui montre une porte à gauche de son lit.

— Pendant que vous y allez, je vais vous faire du thé et je vous donnerai des biscuits. Ça vous fera attendre le déjeuner. Vous devez avoir faim ?

— Un petit peu, oui. Puis j'ai surtout soif.

Cyrille va se soulager. L'endroit est très propre. À côté de la cuvette à chasse d'eau il y a un lavabo. Cyrille cherche en vain un verre. Il se penche et boit longuement dans sa main en coupe sous le robinet.

— Merde, y m'ont fait mal partout.

Ses bras et ses genoux sont douloureux. Il se penche pour se regarder.

— J'ai l'air de quoi ?

Il porte une veste de toile rayée et un pantalon qui tient à la taille par un élastique.

— Y m'ont pris mes habits.

Il regagne la chambre et s'approche de la fenêtre. Entre lui et les vitres, il y a un grillage assez fin.

— Tout de même, je suis pas un lapin.

Il se sent mal assuré sur ses jambes. Sa tête tourne un peu. Il va s'asseoir sur son lit. La porte s'ouvre et l'infirmier revient avec un plateau. Il y a un bol plein de thé fumant et trois biscuits ronds sur une petite assiette.

— Et ma pipe ? Et mon tabac ?

— Dans vos vêtements.

— Va me les chercher.

— J'ai pas les clefs des bureaux.

Cyrille fronce les sourcils et regarde l'infirmier. C'est un homme d'une quarantaine d'années, au visage carré barré d'une petite moustache noire. Il porte des lunettes dont les verres doivent être très épais.

— Je veux fumer.

— Buvez votre thé et je vous donnerai une cigarette.

— J'aime pas les toutes faites.

— J'ai des feuilles et du tabac au vestiaire.

Assis sur le bord de son lit, Cyrille qui a faim mange un biscuit et boit du thé. Tout a mauvais goût.

— Va me chercher de quoi fumer.

— Finissez le thé. Je veux pas faire deux voyages. J'emporte le plateau en même temps. Y a d'autres malades qui peuvent m'appeler.

Cyrille soupire. Il mange un autre biscuit et vide son bol.

— Où on les a mis, ceux qui sont arrivés ?

— Qui donc ?

— Les colons, pardi !

— Ah ! oui. Je pensais aux malades. Eh bien, ils sont du côté de Landrienne.

Cyrille le prend par la manche de sa blouse et s'accroche à lui.

— T'es sûr de ce que tu dis ? Tu me racontes pas des histoires, hein !

— Quel intérêt j'aurais à vous mentir ?

— Je sais pas. On s'est tellement foutu de moi, dans ma putain de vie.

— Laissez-moi aller. Recouchez-vous. Je vous apporte tout de suite de quoi en rouler une.

La main de Cyrille s'ouvre à regret. L'homme blanc s'écarte d'un pas et prend son plateau.

— Recouchez-vous.

— Quand j'aurai fumé.

L'homme sort. Cyrille se lève et va vers la fenêtre. Le jour a grandi.

— On est au moins au troisième étage.

En dessous, il y a de petites maisons très colorées avec des jardins où l'automne flamboie. Plus loin, de la forêt toute dorée montent des grands vols de feuilles.

— Faut que je retourne chez moi. J'ai à faire. Les autres vont arriver.

Cyrille bâille. Ses yeux se ferment. Il revient s'asseoir sur le lit. Il lutte un moment contre le sommeil puis, s'allongeant sur le côté, il sombre.

Dehors, le vent miaule. Des nuées grises et blanches se déchirent dans un grand ciel fou.

32

— CRISSE de tabernac, faut que je rentre chez moi !

Les deux poings de Cyrille ébranlent la porte et la cloison.

— Qu'est-ce que vous avez à me droguer, bande de vaches !

Il cogne de plus en plus fort et les coups se répercutent en lui. Sa voix enrouée porte mal.

— Ouvrez-moi, bordel de Dieu. Ouvrez-moi !

La porte s'ouvre. Le geste de Cyrille reste en l'air. Sa bouche s'ouvre mais rien n'en sort.

— Sacrer pareillement ici. Eh bien monsieur Labrèche, si je m'attendais...

Une jeune religieuse au regard de soleil sourit. Un des infirmiers que Cyrille a vus hier se tient derrière elle.

— Je veux m'en aller, bredouille Cyrille.

Le visage lisse entre les bandeaux blancs se met à rire.

— Pas sans vous habiller, tout de même !

La religieuse pose ses mains à plat contre la poitrine de Cyrille qu'elle repousse doucement pour entrer.

— On m'a assommé avec une saloperie de thé...

— Bon, voilà autre chose, à présent. Notre thé qui n'est pas bon.

— C'est une saloperie.

Le regard de Cyrille s'est assombri.

— Eh bien, Mme Robillard qui est venue ce matin pour vous voir va être contente d'apprendre que le thé de son magasin est comme vous dites.

— J'ai pas parlé...

Cyrille s'interrompt. Un autre homme à blouse blanche mais tête nue vient d'entrer. Il est petit, assez mince avec un regard très bleu dans un visage hâlé. Ses cheveux blonds sont taillés en brosse. Il a une voix chaude et bien posée.

— Bonjour, monsieur Labrèche.

Cyrille grogne.

— Je suis le docteur Dugay. Comment allez-vous ?

— Je veux mes habits. Je veux rentrer chez moi.

Le docteur rit.

— Tous les patients ont hâte de sortir d'ici. Vous, vous avez la chance d'être solide comme un roc.

— Justement, j'ai rien à foutre à l'hôpital.

— Asseyez-vous et enlevez-moi ça.

Du pavillon de son stéthoscope, le médecin montre la veste de toile.

— Juste pour écouter vos poumons et votre cœur.

— J'ai rien.

— On va voir ça en deux minutes.

Cyrille soupire. La religieuse et l'infirmier l'aident à retirer sa chemise. Le petit cercle de caoutchouc glacé court sur son dos, ses côtes, sa poitrine. Il s'arrête un peu partout.

— Respirez. Toussez. Ne respirez plus.

Le médecin se redresse. Il prend le poignet de Cyrille et tâte son pouls. Sa voix vous enveloppe comme dans du velours.

— Je ne peux pas vous garder ici contre votre volonté, mais vous n'êtes pas en très grande forme. À mon avis, vous seriez mieux au foyer de l'Âge d'or, tout au moins pour l'hiver.

— Quoi ? mais j'ai ma terre, moi. Et mes bêtes.

— Quand vous serez mort, vos bêtes...

— Je suis pas encore mort. Puis je veux m'en aller.

— Seul à Val Cadieu...

— Je serai pas longtemps seul...

— Je sais. Vous attendez du monde, mais précisément, en attendant, vous pourriez aller au foyer...

Il tient toujours la main de Cyrille qui essaie de la retirer. La poigne est aussi ferme que la voix est veloutée.

— Écoutez-moi une minute. Ce que vous avez fait à la gare, mieux vaudrait ne pas recommencer. Vous allez rentrer chez vous, mais à une condition : vous me promettez de prendre les médicaments que je vais vous donner, et de revenir me voir dans dix jours.

Il se tait. Tout le monde se tait. Derrière la fenêtre, très loin, les nuages continuent de s'effilocher. Quelques instants passent. Le médecin secoue la main de Cyrille qu'il n'a pas libérée.

— Alors, monsieur Labrèche, on marche comme ça ?

— D'accord.

— J'ai votre parole ?

— Je le jure sur... sur...

Il hésite puis, soudain soulevé d'un élan de joie, il lance :

— Je le jure sur ma jument.

Tout le monde rit. Redevenant grave, le médecin dit encore :

— Vous connaissez Mme Robillard mère.

— Si je la connais, vous pensez...

— Eh bien je la soigne. Elle est comme vous. Elle a trop travaillé.

— Ça, pour travailler...

— Dès qu'elle a appris que vous étiez ici, elle est venue me voir. Elle n'en finissait plus de dire du bien de vous : C'est le plus courageux que je connaisse. Vous pouvez lui faire confiance, je me porte garante de lui.

Le docteur parle encore de Catherine, mais Cyrille n'écoute plus. L'infirmier qui était sorti vient de revenir avec ses vêtements et l'aide à s'habiller. Le docteur ajoute :

— Le forgeron aussi est venu. Je vous laisse sortir à présent parce qu'il m'a promis de vous reconduire chez vous.

De grosses larmes coulent sur la barbe de Cyrille qui bredouille :

— Y a du bon monde... y a tout de même du bon monde.

Le médecin disparaît. L'infirmier s'en va lui aussi et la religieuse reste seule avec Cyrille. Elle attend qu'il ait fini de lacer ses brodequins pour dire :

— Mme Robillard, faudra que vous alliez la remercier. Et puis à la gare, vous devriez aller vous excuser.

— Sûr que j'irai.

Cyrille a répondu d'un ton un peu rêche. Il n'aime pas qu'on vienne lui dicter sa conduite. Il ajoute, pour ne pas avoir l'air d'exécuter les ordres qu'une gamine lui donne :

— J'irai quand je reviendrai à Saint-Georges. Aujourd'hui, c'est trop tard. C'est que je ne suis pas rendu, moi. Quelle heure c'est ?

— Il est onze heures et demie.

La religieuse l'accompagne jusqu'au bout du couloir. Il ne reconnaît pas du tout les lieux. Il ne se souvient pas d'être jamais passé par là. Avant de descendre, il demande :

— Est-ce que je dois payer ?

— Non. Les soins sont gratuits, pour vous.

— J'ai de quoi payer, hein !

— Oui oui, allez. Et pensez à ce que le docteur vous a dit. Et prenez bien vos pilules tous les soirs. Et le sirop quand vous toussez.

Cyrille porte la main à sa poche pour s'assurer que les deux flacons y sont. Il se retourne au moment où les portes de l'ascenseur s'ouvrent. Il hésite un peu et finit par dire :

— Au revoir ma sœur. Merci pour tout.

Dès qu'il se retrouve seul dans cette boîte qui remue, il a envie de cogner sur les portes. Mais la descente dure à peine quelques secondes et les portes s'ouvrent toutes seules. Cyrille sort. Il traverse le hall très vite sans rien voir que les grandes vitres et, de l'autre côté, des arbres dorés.

Il sort. Le vent l'empoigne et il a envie de hurler. Il court. S'arrête. Déjà le souffle lui manque et ses jambes sont lourdes.

— Y m'ont foutu en l'air avec leurs drogues.

Il repart en ménageant sa respiration.

— Je devrais passer chez Robillard...

Il hésite à un coin de rue, mais c'est Bergère qui est la plus forte. Il l'imagine attachée dans l'écurie du forgeron. Il la revoit tirant sur sa bride devant la gare.

— Mme Robillard, elle comprendra bien.

Et il file vers la maréchalerie, du plus vite qu'il peut.

33

BERGÈRE a reconnu son pas bien avant qu'il n'atteigne l'écurie. Elle s'est mise à hennir à pleins naseaux en bousculant ses bat-flanc. Cyrille n'a vu qu'elle. Il ne s'est pas lamenté, comme chaque fois qu'il entre là, sur cette si belle écurie faite pour dix bêtes et complètement vide depuis des années. Encombrée seulement de ferraille. Il a détaché Bergère. Il a pris dans son bras sa grosse tête contre laquelle il a collé sa joue. Trop noué pour articuler un mot. Ils sont restés ainsi jusqu'à l'instant où Joseph les a rejoints. Puis Cyrille a mangé avec le maréchal et sa femme, une grande blonde sèche comme une épinette mais qui cuisine bien. Ensuite, le maréchal l'a accompagné jusqu'à la sortie de la ville.

— Pourquoi tu perdrais ton temps? Meme si je m'endormais sur le char, Bergère saurait bien me rentrer.

Et c'est à peu près ce qui s'est passé. Encore abruti par les drogues et alourdi par le pâté chinois de la maréchale, il n'a pas vraiment dormi, mais somnolé, le dos contre les ridelles, les guides autour du poignet. Et les voilà bientôt à Val Cadieu. La jument qui sent l'écurie allonge le pas. Cyrille se secoue.

La fin de l'après-midi est un grand feu. Le ciel s'est embrasé à l'ouest pour donner jour à une lueur ocre qui brosse la forêt rouge et or. Seules les parties plantées en résineux plaquent des îles d'ombre. Les premiers vols de feuilles montent en spirale. Le vent les porte haut avant de les éparpiller. Très loin dans les hauteurs, deux V de grands migrateurs passent.

— C'était temps qu'on rentre. L'automne va être précoce et l'hiver sera vite sur nous. Allez, ma belle !

Toute la joie du monde dans ces trois mots. Une ombre passe.

Il ferme un instant les yeux. Sa tête est sonore. Par moments bourrée à craquer, à d'autres à moitié vide. Un cerveau tout petit qui va d'un bord à l'autre de son crâne comme les billes dans les grelots de sa jument.

— Sûr qu'ils m'ont fait prendre des saloperies.

Il tire de sa poche un gros flacon en verre brun à bouchon de métal. Une étiquette blanche porte des indications tapées à la machine qu'il a du mal à lire.

— Deux le soir au coucher.

— Ben on verra.

— T'as promis de les prendre.

— Je vais essayer. Si ça me rend malade, y a personne qui va venir voir.

— T'as juré sur ta jument.

Il a un geste comme pour se débarrasser d'un vol de moucherons.

— D'accord. Allez, ma belle !

Ils sont à l'entrée de Val Cadieu. Cyrille regarde l'église avec son clocher légèrement incliné vers le sud, comme s'il ne l'avait pas vue depuis des mois.

— Tu parles que je vais m'en aller chez les vieux. Ben merde, et ma terre ?

— Les autres qui vont arriver.

Il hausse les épaules.

— Les autres, je m'en fous. La crise, c'est peut-être pas pour tout de suite.

— C'est ce que dit Joseph.

— Seulement lui, c'est un homme de mécanique.

Il se hausse, puis se met debout sur le plancher du char en se tenant à la ridelle. Ses génisses et son taurillon sont paisibles dans leur embouche.

— Ça va être juste le temps de rentrer les dernières patates.

Il regarde tout avec une grande sérénité. L'envie de travail est en lui, mais sans fièvre.

— Quand je vois ce que j'ai fait cet été juste avec Bergère, ben ma foi, j'ai besoin de personne.

— Val Cadieu est pas à la veille de mourir... C'est comme ça et c'est pas autrement.

Ils arrivent devant la maison.

— Maudit, j'avais tout laissé ouvert ?

Déjà moins serein, il saute du char avant même que Bergère ne soit arrêtée. Il se précipite dans sa maison.

— Mais bon Dieu, qu'est-ce qui s'est passé ?

Il ne parvient plus à se souvenir du moment où il est parti.

— Bon, je suis allé pour les chercher à la gare. Je me suis peut-être un peu pressé. Mais, sacrebleu, pourquoi j'ai tout laissé comme ça ?

Sa table est encombrée. Trois bouteilles de bière vides, son assiette, deux bols, la miche de pain dont il ne reste qu'une boule grosse comme deux poings et toute piquetée.

— Mes amis, vous vous êtes pas privés.

Il regarde un plat long où il n'y a que quelques fientes.

— C'est que j'avais des fromages, là-dessus. Tout relavé.

Il examine de plus près la toile cirée et ramasse quelques crottes noires et dures.

— Il est venu des rats aussi. Maudite affaire, si j'étais resté deux jours de plus, ça me dévorait la maison !

Il ouvre son petit meuble. Un sac de pâtes à potage est crevé. Une boîte de sucre aussi.

— J'étais à Saint-Georges, j'ai même rien acheté. Je sais vraiment pas où j'ai la tête, moi. Ça va m'obliger à y retourner.

Il se redresse. Son char roule. Bergère a tiré la voiture devant la grange et boit au bassin. Cyrille sort et se met à gesticuler.

— Je sais plus où j'en suis, moi. Voilà que j'oublie ma jument, ma parole, y m'ont vraiment foutu en l'air avec leurs drogues.

Il se hâte de rejoindre Bergère qu'il commence à dételer pendant qu'elle continue de boire.

— Viens-t'en voir, ma belle. Je m'en vais te gâter un petit peu, moi. T'as bien mérité ça.

Elle le suit à l'écurie où il lui verse une bonne ration d'avoine, lui donne du foin et commence à la bouchonner. Ses mains s'attardent sur le poil soyeux légèrement humide, elles se font douces. Elles palpent. Elles reconnaissent. Elles s'assurent que la bête est bien en parfaite santé.

Et quelque chose de doux se met à couler en lui, comme un nectar longtemps espéré.

34

Cyrille s'est endormi avec, en lui, cette tiédeur couleur de miel. Il s'est endormi en pensant au travail qui l'attend. Tout était clair. Sa solitude à Val Cadieu avec les morts du cimetière qui sont bien morts et les absents qui n'ont sans doute aucune envie de revenir. Avant de se coucher, comme il l'avait promis, il a pris deux comprimés.

Et c'est le grand jour qui le réveille. Il se dresse. Les idées mal en place.

— Le jour. Merde. Puis l'envie de pisser, bon Dieu.

Il regarde sa montre. Elle est arrêtée.

— Voilà que j'ai plus d'heure.

Il se précipite dehors. Le vent s'est calmé. De longues filasses grises enveloppent les arbres et traînent sur le fleuve.

— Maudites saloperies de pilules. Si c'est pour m'empêcher de faire ma besogne, je me sens plus obligé de les prendre.

— Si ça se trouve, demain y pleuvra. Avec ça, t'as perdu au moins deux heures.

Il ne prend pas le temps d'allumer son feu. Il se passera de thé. Il coupe un morceau de pain qu'il enfile dans sa poche après en avoir pris une bouchée.

Il sort en laissant tout ouvert, se hâte vers l'écurie. Bergère semble étonnée. Une mesure d'avoine.

— Dépêche-toi. Tu mangeras mieux quand on aura travaillé un peu.

Il l'étrille rapidement, la sort et l'attelle à sa petite charrue. La roue grince jusqu'à la pièce qu'il a plantée en pommes de terre et, tout de suite, le travail commence. Avec juste des ordres brefs, les sonnailles des grelots et les tintements des chaînes. Pas de discours, pas un mot inutile. Bergère a compris tout de suite : le jour n'est pas à l'amusement. Elle se donne à pleine encolure, à pleins reins. Ce travail en terre meuble à la petite charrue n'est pas grand-chose pour elle. Si on le lui demandait, elle serait bien capable de le mener au trot.

Derrière le soc luisant, la terre se lève couchant les fanes jaunies et mettant à jour les tubercules blancs.

— Elles sont grosses. Puis y en a.

La seule vue de sa récolte le paye déjà de sa fatigue.

Ils vont ainsi deux bonnes heures. A peu près la moitié de la pièce.

— Je vais toujours ramasser ça.

Il laisse la charrue sur place et ramène Bergère.

— Toi, t'as de la veine. T'as fini pour un bon bout de temps.

Il la laisse dans l'embouche, va prendre une pioche à trois dents et retourne à son champ.

— Là, c'est autre chose.

Il vient d'interroger le ciel. Un vent haut perché y charrie son lot de nuées. En bas, le calme demeure.

— Si ça vire à la pluie, je vais être bien amanché, moi.

Il se met à piocher, tirant du sol les pommes de terre que la charrue a oubliées et rassemblant tous les tubercules en tas distants l'un de l'autre d'à peu près dix pas.

— Ça pourrait rester à l'air un jour ou deux, ce serait

bon, mais y a trop de risques. Je les étendrai à la grange.

Vers la mi-journée, Cyrille court chez lui, coupe un morceau de pain et de fromage, boit deux grands verres d'eau et revient à son travail en mangeant. Une force terrible le pousse à aller de plus en plus vite. Ses reins sont douloureux, ses poignets aussi, mais il serre les dents et va toujours, ne se redressant que pour scruter un instant les menaces du ciel.

— Je sais comme ça fait, à cette saison : si ça se prend à la pluie, ça peut durer des jours. Après, c'est le bourbier et tout se met à pourrir.

Il est d'instant en instant plus nerveux. Ses gestes deviennent saccadés. Même plus le temps d'essuyer d'un revers de manche la sueur qui lui brûle les yeux.

— Maudit, on serait seulement deux !

Vers les trois quarts du jour, il a fini de mettre en tas. Il court chercher Bergère qu'il attelle au char. Il remplace par des planches les ridelles à claire-voie pour faire tombereau.

— Allez, hue !

Bergère ne traîne pas. Aussitôt sur place, ce sont les hue ! et les ho ! qui se succèdent. On s'arrête à hauteur d'un tas, les pommes de terre font leur bruit de tambour contre les planches et, vite, on va au tas suivant. Tout ça sent la fièvre. La hâte. On avance comme si le feu allait dévorer la terre.

La nuit est presque là quand ils reviennent dans la grange où Cyrille tape sur les crochets, fait basculer la benne et avance de quelques pas. Les clavettes remises en place, il dételle. Il soupire :

— Le temps serait moins couvert, on aurait pu arracher de nuit. Mais là, on n'y verrait rien.

A regret, il rentre Bergère.

Il va chercher sa lanterne et bouchonne sa jument qui n'a guère transpiré.

— T'es au moins pas trop fatiguée.

Le râtelier est plein. Le bruit de la bride et celui de la paille frottant les flancs emplissent l'écurie. C'est un bon bruit qui fait du bien. Soudain, Cyrille arrête son geste. Il fronce les sourcils comme s'il venait d'entendre quelque chose d'inquiétant.

— Tout de même, je pourrais être encore là-bas et que toi tu sois chez Joseph.

Cette pensée le calme un peu et lui fait apprécier ce moment. Il caresse longuement Bergère qui tourne la tête pour remercier. Il s'assure d'un regard que tout est en ordre. Décrochant sa lanterne, il regagne sa cuisine.

Sa fatigue est telle qu'il renonce à allumer son feu. N'éclaire même pas la suspension. A la lueur de sa lanterne, il mange du lard, des sardines à l'huile et du pain. Il boit une bière puis, ayant allumé sa pipe, il souffle la bougie de la lanterne et demeure un moment assis dans l'obscurité, à fumer en silence. Il ne voit absolument rien, mais il sait que le flacon de pilules est sur la table, à portée de sa main.

— En tout cas, j'en prendrai pas ce soir. Demain, je veux finir d'arracher. S'agit pas que je m'oublie. Si la pluie me gagne de vitesse, je suis foutu.

Sa pipe éteinte, il la pose sur la table, se lève en retenant un gémissement de douleur et commence de se déshabiller dans l'obscurité. Ses gestes sont lourds. Le sommeil le tient déjà.

35

— Pas besoin de regarder le ciel !

Cyrille s'habille dans la pénombre mouvante. Dès qu'il a passé son pantalon, il va tout de même jusqu'à la fenêtre. Des nuées défilent devant une énorme lune ronde. Des gouffres noirs s'ouvrent entre des franges de lumière crue.

— Tout ça n'apporte sûrement rien qui vaille.

C'est le bruit qui l'a tiré de son sommeil. Il ouvre la porte et sort sur le seuil. Un souffle glacé l'enveloppe.

— C'est un vent qui porte la mort. Câline, si le nordet nous amène déjà l'hiver au début d'octobre, c'est que le bon Dieu est vraiment pas de notre bord.

Il rentre et referme la porte.

— Je m'en vais manger.

— Qu'est-ce que tu pourrais bien te faire ?

— Une grosse soupe de nouilles.

— Avec de l'arôme de bœuf dedans ?

— Oui. Et aussi une boîte de purée de tomates. Avec ça puis un bout de fromage, je suis capable de tenir la journée.

Il se met à rire.

— Mange de nuit, tu gagnes du temps.

Il met son eau à chauffer et charge son feu.

— Toi, ma vieille, tu vas faire pareil.

Il sort. Le ciel est en pleine rage. La forêt se déchaîne. On voit d'ici brasiller l'Harricana. La bourrasque charrie de la glace et secoue les bâtisses.

— Pour peu que je sois encore obligé de me mettre à reclouer des planches. Mille dieux, j'en sortirai donc jamais !

Bergère ne dort pas. Elle n'est pas étonnée de cette visite nocturne.

Elle prête l'oreille au vent. Toute la grange miaule et gémit. Quelques bardeaux claquent en vibrant.

— T'aurais eu meilleur compte à rester chez Joseph.

Il fait à peine clair lorsque Cyrille gagne son champ avec Bergère attelée au char. Le nordet a encore pris du nerf. Les rafales plus courtes dépouillent la forêt. Un torrent de feuilles passe presque sans trêve sur les terres nues. Pas d'oiseaux. Seulement cette vie du vent glacial qui empoigne Cyrille comme pour lui arracher ses vêtements.

— Hue ! C'est pas l'heure de musarder.

La charrue se met à ouvrir le sol et la bourrasque est si violente que des fanes arrachées sont emportées.

— Bon Dieu, tu me volerais tout de même pas mes patates !

Cette empoignade excite Cyrille. Elle cingle aussi Bergère qui mène sa besogne à une cadence terrible.

— Faut qu'on finisse, ma vieille !

Il va, les dents serrées, grognant plus qu'il ne parle. La tête enfoncée entre les épaules, secoué par sa charrue, les pieds touchant à peine le sol, souvent pareil à un pantin désarticulé. À cause du froid et de la violence du vent, il a troqué son chapeau contre sa tuque de laine. Il n'y a pas une heure qu'il travaille que déjà il transpire. Mais rien ne saurait l'arrêter. Il semble que, depuis hier, même sa toux ait décidé de le laisser en paix. Alors il trime, toujours plus vite, comme aiguillonné par ces menaces de plomb et d'argent qui courent d'un bord à l'autre du monde.

Mais le temps est plus rapide que Bergère. Cyrille a à peine accompli la moitié de sa tâche qu'il sent les premières piqûres sur son visage. Presque rien, comme si quelques moucherons oubliés venaient de quitter le couvert du bois pour s'offrir au vent. Presque rien, mais assez pour qu'il comprenne.

— Foutu !

Son hurlement n'arrête pas Bergère. Ils vont d'un trait au bout du sillon, là où la terre bute contre les premiers arbres. À cause du remous qui se forme au moment où le vent plonge sur le découvert, les flocons minuscules, secs comme du sable, tourbillonnent et semblent plus serrés. Cyrille se redresse pour faire virer sa charrue. Habituée à la manœuvre, Bergère amorce son mouvement.

— Ho !

Elle s'arrête. Elle tourne la tête pour interroger. Cyrille est immobile. Ses mains qui ont lâché les mancherons de bois se lèvent devant son visage. Elles sont à demi ouvertes. Pareilles à des serres de rapace. Elles montent encore à mesure que le regard perdu s'éloigne de la forêt pour scruter le ciel. Mais le ciel est là. Tout près, pareil à un tissu rigide qui file, file tout droit avec des crissements de herse. Les arbres et le sol grésillent. La blancheur accuse le fond des sillons et chaque motte de terre. Les poings de Cyrille se serrent, ses bras se tendent. Sa voix gagne très vite les aigus :

— Je suis maudit. Je suis maudit. Je suis...

Cette fois, il a hurlé trop fort. Sa toux l'empoigne, le tord, le secoue. Cassé en deux il se cramponne d'une main à sa charrue et, de l'autre, essaie de comprimer sa poitrine. Les larmes ont envahi ses yeux. Sa vision se brouille. Tout devient gris, confus, comme si la tempête qu'il a tant redoutée venait d'entrer en lui.

Quand il a fini de cracher, une fois qu'il s'est essuyé les yeux, Cyrille se redresse à demi et regarde autour de lui. Tout blanchit très vite. L'envie le prend de se laisser tomber sur le sol, comme ça, pour en finir sur cette terre de misère.

Bergère secoue la neige qui prend sur sa crinière. Les grelots tintent.

— Si t'étais pas là, toi...

36

À PRÉSENT, Cyrille est dans sa cuisine, le nez à la fenêtre, à regarder la course des flocons ténus. Sa colère est une roche. Elle ne bouge pas. Elle pèse seulement d'un poids énorme. Il demeure ainsi très longtemps, fasciné par ce spectacle. Le sifflement aigre du nordet le pénètre.

— A cette saison, ça peut pas durer. Juste assez pour me geler tout ce qui est déterré.

Le bloc qui est en lui se réveille. Se gonfle comme le bois sec d'un coin qu'on arrose pour faire éclater la roche. Sourde d'abord, la douleur pousse quelques pointes. Sa tête se met à sonner. Une résonance lointaine qui enfle très vite, se rapproche, marque quelques pauses pour grandir encore et finir par occuper tout son être. Par déborder de lui. Il se met à trembler. Ça commence par les mains, puis les bras. Ensuite, son visage est secoué de tics. Ses épaules se soulèvent et retombent. Ses jambes aussi sont habitées de trépidations Bientôt, il est presque aussi secoué que s'il tenait encore les mancherons de sa charrue. Il est comme s'il se battait encore avec ses génisses et son taurillon qu'il a eu bien du mal à faire entrer à l'étable. Il voit, comme si elle était là, sa charrue restée sur place.

Il s'écarte de la fenêtre et se retourne. Il ne peut plus regarder ce spectacle.

— Tous des salauds. Tous ! Les autres de la gare qui m'ont fait perdre deux jours... Les colons qui ont foutu le camp à Landrienne.

— Landrienne, c'est de la bonne terre.

Il se tait, regarde à droite et à gauche.

— De la bonne terre. C'est toi qui dis ça ?

— Je le sais.

— Tabernac ! M'en vas te corriger, moi, si tu continues à me manquer, morveux !

Il s'accorde le temps de reprendre haleine.

— Vous allez encore me faire tousser. Dieu que je suis donc innocent de me faire du tracas pour vous autres.

— Tes patates, elles sont foutues.

Là encore il fronce les sourcils et fait aller un regard soupçonneux d'un bord à l'autre de la pièce. Le vent secoue la porte. La toiture siffle.

— Des patates, j'en ai un tombereau de rentrées. C'est plus qu'il m'en faut pour moi. Quand les autres arriveront, y s' démerderont. J'en ai par-dessus la tête de me crever la paillasse pour des gens qui diraient même pas merci.

Il cogne du poing sur la table où se trouvent encore sa lanterne et son couvert de ce matin. La cuillère saute dans l'assiette.

— Puis toi, le mécanicien, je vais pas nourrir ta femme et tes petits. C'est pas parce que c'est ma fille...

Il fait volte-face.

— Toi, le serre-freins, si t'as pas pu grimper plus haut, c'est que tu manques de courage. Alors, compte pas sur moi. Tu vas te prendre par la main, puis tu vas te défricher un lot. Et tu te bâtiras ton campe. On l'a bien fait, nous autres, en arrivant. Ici, je veux loger personne.

Il hésite. Son regard s'est assombri. Sa barbe luit de

quelques filets de salive. En trois enjambées, il est à la porte qui donne sur la chambre du fond. Il l'ouvre d'un grand geste et la lâche. Elle va claquer contre les montants de la couchette. Il se tourne à demi comme s'il invitait du monde à entrer.

— Regardez. Regardez bien. Regardez les lits que j'avais bâtis pour vous. Ben personne couchera jamais dedans. Personne et surtout pas vous.

Il parle presque à mi-voix. Comme s'il voulait faire un compliment, ou une belle promesse. Il referme doucement et revient vers la table. Il s'arrête à mi-chemin, exactement comme si on venait de lui barrer la route. Un rire aigre le secoue.

— Ah non ! Votre mère, vous vous en arrangez. Moi, à mon âge, les femmes, j'en ai rien à foutre. Quand elle est partie, elle m'a pas demandé mon avis. Ça fait plus de trente ans que je me débrouille sans femme, je m'en porte pas plus mal. Et des sous, j'en ai plus... C'est fini.

Il se tait. Il va se remettre à parler mais un bruit lui impose silence. Il se retourne d'un bloc face à la fenêtre. D'énormes gouttes d'eau cinglent les vitres.

— Ça alors !

Il court ouvrir la porte. La bourrasque mouillée et froide l'enveloppe. Elle entre, fait balancer la suspension. Il pleut aussi fort qu'il neigeait tout à l'heure.

— Crime de temps !

Il a un instant d'hésitation entre la colère et la joie, puis, éclatant de rire, insensible à la température, laissant sa porte grande ouverte il sort les bras tendus, les mains ouvertes comme pour recueillir l'eau du ciel. Il offre son visage à la pluie.

— Ça va tout laver. Mes patates seront pas gelées. Crime de crime de temps.

Arrivé au milieu du chemin où il patauge dans un

mélange d'eau et de neige, il cesse de rire. Son visage se métamorphose. Une grande angoisse le contracte soudain.

— Mais faudrait pas que ça dure trop, hein? Si ça se prolonge, ça va être le marécage. On pourra même plus entrer sur les terres.

Il ausculte le vent.

— Enfant de chienne de pays. Manquerait plus que ça tourne au nord-ouest et qu'y vienne un coup de gel là-dessus.

L'eau ruisselle partout. Le peu de neige qui s'était collé à chaque revers, à chaque motte croule déjà. Tout devient noir et gris. A travers l'averse, la forêt se devine, mais ses teintes d'automne paraissent plus ternes. Comme si ce temps les avait délavées.

Lentement, accablé par le poids du ciel qui paraît s'appuyer sur les toitures, Cyrille rentre. Il ferme la porte derrière lui. Un frisson le secoue.

— Je sais pas ce qu'y m'a pris de sortir comme ça.

Il enlève sa tuque de laine qu'il tord au-dessus de l'évier et va étendre sur la barre de la cuisinière.

— Mon feu qui est éteint.

Il froisse du papier, met une poignée de brindilles et des pommes de pin, puis il allume. La flamme a quelques retours et le poêle crache de la fumée.

— Je m'en doutais.

Il va ouvrir sa porte. L'averse entre mais le tirage s'établit. Il referme et vient poser deux bûches dans le foyer. Avant de refermer, il tend ses longues mains sèches à la flamme et les frotte.

— Je me sens du froid jusqu'à la moelle des os.

— C'est signe que l'hiver arrive.

Il débouche le flacon de sirop et boit au goulot. Il grimace.

— Maudit! C'est du sucre!

Il va près d'un gros coffre de bois blanc dont il doit débarrasser le couvercle avant de pouvoir le soulever. Il y a là-dessus des cartons vides, des bouteilles et deux lanternes de voiture. Il ouvre et tire du coffre aux trois quarts vide un pantalon de toile, une grosse chemise à carreaux noirs et verts et une veste de costume en tissu gris à rayures blanches.

— Ça, je l'ai jamais mise ici. Mais j'ai plus rien d'autre.

Il déplie la chemise et découvre un accroc dans le dos.

— Faudrait tout faire. Tout.

Il se déshabille. Ses muscles et ses tendons courent sous la peau blanche et velue. Les os pointent. Il passe la chemise et le pantalon.

— Je vais me trouver un truc à mettre dessus.

Il retourne au coffre et fouille dans ce qui reste. Il y a là des vêtements d'enfants et deux robes. Des chaussures de femme également.

— Une chance que les souris s'y soient pas installées.

— Ça serait pas une grande perte.

— Elle sera bien contente de trouver ça en arrivant.

Il examine les chaussures. Ce sont des souliers bas, ouverts, en cuir verni noir avec une bride et une boucle de métal rouillé.

— C'est encore tout neuf, ça.

Il s'approche de la fenêtre. La semelle intérieure porte une inscription dorée. « In Black Patent. Copper Fire. » Les mains de Cyrille tiennent ce cuir lisse avec précaution. Tournent et retournent les souliers. Il en approche son visage et flaire à petits coups puis il le caresse.

— Ça sent l'humidité. Elle aimera pas ça.

— Seulement, c'est pas des chaussures que je peux mettre ici.

— Dans la maison, tu pourrais.

Il les examine encore longuement avant de les porter sur la caisse à bois, à côté du fourneau.

— Ça leur fera du bien... C'est comme ma veste de mariage... Maudite chienne de vie, c'est pas d'hier, ça.

Il passe le revers de sa main sur ses yeux. Son regard s'est embué un instant.

— Ça me donne pas quelque chose de chaud à me mettre.

Il recommence à fouiller et finit par trouver la grosse liseuse de laine rose qu'Élodie aimait tant. Il la prend par les épaules et la soulève pour la regarder.

— Ça fera bien en attendant que le reste soit sec.

Il l'enfile. Les manches lui arrivent à peine aux coudes, les épaules sont assez larges. C'est un peu court, mais douillet autour du cou. Il attache sur sa poitrine les rubans à pompons. Il approche deux chaises du fourneau et étend sur les dossiers ses vêtements qui se mettent tout de suite à fumer. Par-dessus sa laine rose, il passe sa veste grise qui a beaucoup trop d'ampleur.

— Crisse de vie, j'ai pas engraissé, moi.

Il recharge son feu, met chauffer de l'eau et s'assied, un coude sur la table. La maison est toujours enveloppée d'eau et de vent. Mais, par-delà cette présence mouvante, quelque chose pèse. Comme un ennui épais. Cyrille écoute longtemps. Il a bourré et allumé sa pipe. Il tient encore entre ses doigts la brindille de bois dont l'extrémité est noire. Son regard est fixé sur la fenêtre. Il ne voit rien que le remuement confus d'images de jadis qu'il porte en lui.

— Sûr qu'une église qui sonne jamais, c'est preuve que le monde a plus de cœur.

Il parle doucement, et c'est la voix d'Hauris Langlois qu'il entend. Une voix lointaine, à demi étouffée par le vent.

37

DEPUIS que Cyrille est rentré, le vent n'a pas cessé de gagner en violence. On dirait qu'il tire sa force de la forêt furieuse qui lui jette des brassées de feuilles. La pluie a diminué. Il y a même une vague lueur jaune très froide qui coule entre terre et nuées. Elle vient tirer Cyrille de sa torpeur. Il se lève. Il enfile par-dessus sa veste grise son vieux ciré noir qu'il a rapiécé avec des morceaux d'un imperméable d'enfant que Charlotte Garneau lui a donné en partant. Il a ainsi de grands carreaux beiges aux deux coudes, sur le dos et sur l'épaule droite. Le capuchon aussi a été fixé au col par une bande de tissu beige. Il enfile ses bottes de caoutchouc et il sort.

Dès qu'il est dehors, il lui faut s'arc-bouter pour n'être pas renversé.

— Jamais vu ça !

Une main sur son capuchon, il regarde tout autour.

— Ça finira par arracher même l'herbe.

Au bord de l'Harricana qui émiette un reflet du couchant, de gros peupliers-trembles se sont couchés. On voit d'ici la terre et les cailloux soulevés par les racines partir au vent comme des feuilles. Cyrille ne sait plus si l'eau qu'il reçoit tombe du ciel ou si elle monte des flaques, des fossés, peut-être du fleuve qu'on voit écumer.

— Jamais vu ça !

Cyrille se hâte vers la grange. Des planches battent. Une tôle qu'il avait clouée où couchaient ses poules s'est soulevée, elle se tord avec un bruit inquiétant. Cyrille a du mal à tirer la porte de l'écurie que la tornade prend de plein front. À l'intérieur, c'est un autre vacarme. Il va près de Bergère. Il n'a pas pris sa lanterne mais il passe encore assez de jour par les trappes à fourrage pour qu'il puisse lui donner à manger. Il flatte ses flancs qu'il sent nerveux.

— T'es pas tranquille, hein, ma vieille.

Il rejette son capuchon. Il va pour monter à l'échelle lorsqu'il entend un terrible craquement qui se prolonge. Des chocs sourds, du bois brisé.

— Mille chiens ! Ma maison.

Il sort en courant. Non, la maison est intacte. Il déborde l'angle et, tout de suite, il voit la grange de Pinguet couchée. Des planches longues de dix pieds et larges comme quatre mains s'envolent en tournoyant et vont tomber plus loin que la clôture.

— C'est la fin de tout.

Cyrille est atterré. Il demeure un moment à contempler ce spectacle, puis il regarde les autres bâtisses et sa propre grange.

— C'était peut-être la moins solide... Tout de même.

Il revient à l'écurie et demande :

— Qu'est-ce que je vas faire ? Si je fous tout le monde dehors, vous êtes capables d'aller près de la forêt, comme le grand Boris. Et ici, si ça s'écroule ?

Les génisses qui ne sont pas habituées à l'étable meuglent presque sans arrêt depuis qu'il est entré. La jument n'est pas tranquille. Son œil est inquiet, sans cesse en mouvement. Ses oreilles remuent chaque fois que le bruit change de ton.

— Je vois bien que tu redoutes quelque chose. Je t'ai

trop souvent raconté la mort du grand Boris, tu dois y penser. Si seulement ça pouvait t'empêcher d'aller près des arbres. Penses-tu, je te connais, dès que ça vente du nord, tu y vas pour te mettre à couvert. Et c'est là que tu risques.

Il réfléchit un moment puis, tapant à petits coups sur la croupe, il dit :

— T'inquiète pas, je te laisserai pas toute seule.

Il sort et courbe l'échine contre la tourmente. Il court jusque chez lui, coupe un gros quignon de pain qu'il enfouit dans sa poche avec un morceau de lard enveloppé dans une feuille de journal. Il prend également une couverture, sa lanterne plus une bougie de rechange, sa cartouchière et son fusil.

— On va bien voir qui c'est le plus fort.

Avant de sortir, il inspecte la pièce où ne traîne plus qu'une faible clarté. Son regard s'arrête un instant sur le flacon de pilules.

— C'est pas le moment de roupiller. Ces salauds-là, pour être certains de pas se faire repérer, y seraient capables de venir par un temps pareil.

Il sort et ferme sa porte. La nuit est presque là. Il reste juste, à l'ouest, une vague traînée d'eau trouble que l'on devine derrière la forêt. Même le fleuve a disparu. Dans les hauteurs invisibles comme au ras des toitures, passent sans trêve d'énormes convois. Le galop de milliers de chevaux et les bandages de fer des roues écrasent du bois sec, sonnent sur le tablier d'interminables ponts métalliques.

— Jamais vu ça !

Cyrille entre. Il referme avec peine. À tâtons il cherche la barre et bloque solidement la porte. Ensuite, il craque une allumette et allume sa lanterne. Le faisceau se dirige tout de suite vers l'écurie où il va retrouver Bergère.

— Ben je m'en vas te dire, ma belle, c'est encore ici qu'on est le mieux. Tellement bien que je me demande si je m'y referai pas une couchette.

La tempête paraît moins violente.

— C'est sûrement que la grange est vraiment solide.

Il donne du fourrage à ses génisses qui continuent de mener la vie.

— Au fond, je crois que j'ai fait une erreur en prenant ces bestiaux. On était très bien tous les deux.

Il monte et tire trois bottes de paille dont il coupe les ficelles.

— En attendant de me faire un lit, je vais coucher juste au-dessus de toi. Tu me sentiras, tu seras pas inquiète.

Il prépare sa place puis, sortant son pain et son lard, il ouvre son couteau.

— Pas besoin de voir clair pour trouver sa bouche.

Il souffle sa lanterne et se met à manger. De temps en temps, il s'arrête de mastiquer pour mieux entendre. Non, la tempête ne s'est pas apaisée. On dirait plutôt qu'elle redouble. Qu'elle s'acharne particulièrement sur cette grange dont toute la membrure gémit, dont chaque planche craque.

— Est-ce que des fois ça serait juste sur nous ?

Les vents coulis sont glacés. Cyrille ne termine pas son repas. Fermant son couteau, il se coule tout habillé entre la paille et sa couverture. Il se recroqueville. Il a son fusil et ses cartouches à portée de la main.

38

MÊME aux années de grandes tornades, Cyrille ne se souvient pas d'avoir entendu pareil tintamarre. C'est l'énorme bacchanale de tous les démons réunis. Cent fois Cyrille se dresse, persuadé que la charpente est en train de céder. Tout se démantibule. Le crissement du bois sec sur les chevilles et les clous, le gémissement des assemblages, de longs craquements pareils à ceux des arbres qui tombent, plusieurs planches déclouées battent. Il se dresse, il écoute.

— Qu'est-ce que je peux faire ?

Il est vingt fois pris par l'envie de sortir ses bêtes, mais la mort de Boris vient le retenir.

— Et si la grange s'écroule ?

— Elle est plus solide qu'on croit.

— La jument, je pourrais la rentrer dans la cuisine

— Ce serait fou.

— Qu'est-ce que tu ferais, toi Koliare ?

— Je roupillerais.

— Tu t'en fous, le cheval est pas à toi.

Il parle et ne sait plus à qui il s'adresse ni qui lui répond. On lui répond pourtant de partout à la fois. Des voix qu'il retrouve sans vraiment les reconnaître.

— C'est moins risqué dehors.

— Mais y a les arbres.

— T'aurais dû les abattre.

— Ça sert à rien. Un vent pareil, y te lève aussi bien un arbre abattu pour te le foutre sur la tête.

— Tout va y passer.

— On reconstruira.

— On sera tous morts.

— Personne n'est mort.

Il se dresse de nouveau. Il va pour allumer et hésite.

— Reste tranquille. Ta grange en a vu d'autres. Seulement t'étais pas dedans. Ça impressionne.

Il finit par sombrer dans le sommeil. Le vide. Le gouffre obscur, sans la moindre lueur. Il flotte douillettement comme sur une couche de duvet. Une éternité de sommeil dans un silence musical qui échappe totalement au tumulte. Une éternité de quelques minutes peut-être, jusqu'à l'instant où un long hennissement le fait bondir. En l'espace d'une demi-seconde, il voit Bergère écrasée, brûlée vive, couchée sous des décombres. Mais le hennissement reprend avec un bruit de chaîne qui le rassure à moitié.

— Oui ! J'arrive.

Des lueurs froides filtrent entre les planches.

— C'est pas déjà le jour, tout de même.

Il allume pourtant sa lanterne et se hâte de descendre. La jument le regarde, l'œil plein d'effroi. Les autres bêtes sont calmes.

— Oui, mais les vaches, c'est stupide. Ça sent rien venir. Ça beugle que pour bouffer.

Il s'approche et la caresse. La peau frémit comme si des milliers de mauvaises mouches l'assaillaient.

— Qu'est-ce que t'as ? Ça souffle. On peut rien y faire.

Jamais il ne l'a vue pareillement agitée. Elle tire sur sa chaîne et bat du sabot.

— Des fois, les chevaux, ça sent venir le danger.

— Tu devrais la détacher. Qu'est-ce que tu risques ?

Il la détache. Bergère file derrière la porte où elle se met de nouveau à battre le sol. Cyrille ouvre et la laisse sortir. Le ciel est moins épais. Il ne pleut plus. Du goudron à gros bouillons roule et se creuse de remous. La lune roule derrière, ivre de vitesse.

Aussitôt dehors, Bergère prend le trot et gagne le milieu de la pâture. Là, crinière et queue flottante, elle se met à brouter. Elle coupe deux bouchées puis lève la tête d'un air de dire à Cyrille : viens. Viens donc près de moi.

— Peut-être que la grange...

Cyrille rentre et fait sortir son petit troupeau. Puis il monte chercher son fusil, sa cartouchière et sa couverture. Il se dirige vers sa demeure pour y porter tout ça. Les nuées se déchirent et, par un large accroc, tombe une lumière de plein jour, juste pour lui permettre de voir que la grange des Garneau n'existe plus. L'énorme bâtisse, la plus grosse de Val Cadieu s'est écroulée.

— Tonnerre !

Il laisse par terre tout ce qu'il tient et il court. Il court comme une bête poursuivie. Il trébuche. Tombe. Se relève. Court plus vite encore. La terre et la forêt vernies de lune dansent devant ses yeux. Il court et finit par s'arrêter, à bout de souffle, devant cet amas de planches et de poutres enchevêtrées. La toux le casse en deux un long moment, puis il se redresse.

La lune est de nouveau voilée mais on y voit encore très bien. Cyrille s'approche. Dans la terre voisine, des planches volent. De cette montagne de débris, une poignée de bardeaux s'élève encore en crépitant et part comme une compagnie de perdrix. Cyrille est secoué de l'intérieur. Un tourbillon vient d'entrer dans sa poitrine. Il bredouille :

— Martin, on est foutus. Foutus, mon vieux.

Un voile vient devant ses yeux en même temps qu'une nuée plus épaisse arrive devant la lune. L'obscurité tombe sur les décombres et enveloppe le reste du monde.

Le corps secoué à la fois par le vent et par un tremblement qui semble monter du sol par ses jambes, Cyrille reste planté là jusqu'au moment où les nuées se déchirent de nouveau. Alors, lentement, chancelant et titubant, il rentre chez lui. Il a simplement vu que toutes ses bêtes sont toujours au milieu de l'embouche. Arrivé dans sa cuisine, il se laisse tomber sur une chaise entre sa table et son fourneau éteint.

Il demeure ainsi peut-être une heure. Puis, comme le jour avance, il se lève lentement. Son visage est empreint de gravité, presque de tristesse. Mais sans accablement. Au contraire. Il est mû par une grande force.

Il va ouvrir un paquet de pain et prend un oignon qu'il épluche presque à l'aveuglette. Il détache les côtes une à une et les mange avec son pain en les trempant dans du sel. Ça craque sous les dents et ce bruit éloigne celui du vent. Il boit un grand verre d'eau et va prendre sa caisse à outils. C'est un matériel de sa fabrication qui contient tout ce qu'il faut pour les travaux du fer et du bois. Il vérifie que les clous y sont, puis il empoigne la grosse courroie et la passe sur son épaule. Ainsi a-t-il la main libre pour porter sa scie. Sur l'autre épaule, il va pouvoir prendre son échelle accrochée sous l'avant-toit.

Il jure et peste. Le vent empoigne l'échelle et essaie de l'arracher.

— Saloperie ! C'est encore moi le maître !

Il chambille, rétablit péniblement son équilibre mais les rafales sont telles qu'il finit par poser son échelle par terre. Il porte sa boîte à outils sous le portique de Koliare et revient chercher l'échelle. Même avec ses deux mains pour la tenir, il doit y mettre toute sa force.

— Bon Dieu ! Je suis pas encore pourri, tout de même !

Une fois débarrassé de son fardeau, il fait le tour de la grange pour repérer toutes les planches qui se soulèvent, toutes celles qui vrillent ou se déclouent. De temps en temps, il lance un regard vers l'amas de bois qui fut la grange à Garneau.

— Faut au moins préserver ce qui reste debout.

Le travail n'est pas une petite affaire, rien que pour dresser l'échelle quand le vent la prend par le travers, il transpire à grosses gouttes. Sec comme il est, s'il n'avait pas, en de tels moments, sa colère pour le soutenir, il ne parviendrait pas à accomplir la moitié de ce qu'il fait.

Son marteau engagé dans sa ceinture, des clous dans sa poche gauche, il grimpe et se cramponne. Il cogne à grands coups et le vent lui vole le bruit pour l'émietter sur la forêt où il se perd.

Pour une planche qui ne tient vraiment plus que par miracle, il doit entrer, monter à l'intérieur, couper et mettre en place une bonne cale. Au moment où il pénètre dans ce bâtiment, le passé l'étreint. Ceux qui ont travaillé là en sa compagnie sont soudain plus présents que la paille et le foin sur le plancher. Depuis longtemps déjà l'odeur du fumier a disparu. Pourtant, le vent la ramène. Il fait lever du sol et ruisseler des bat-flanc la tiédeur des bêtes.

— Bon Dieu, Koliare, t'avais pas le droit de t'en aller... T'avais pas le droit de me laisser tomber. Martin non plus, il avait pas le droit.

Il hésite avant de monter vers le premier niveau du grenier. Il cherche dans la pénombre et trouve facilement un chevron encore bon.

— Tout ça, si c'est bien entretenu, c'est comme neuf. Ça peut enterrer des générations d'habitants.

Il grimpe. L'escalier couine. En haut, les vents coulis le saisissent.

— Une sacrée foutue bonne grange. En sept jours, on l'a montée. Celle à Garneau aussi, elle était solide. La voilà pourtant par terre.

Sa voix s'étrangle.

— Si ton père avait encore été de ce monde, sûr que tu serais pas parti, François ! Vous auriez consolidé la grange.

Il a un ricanement. Il scie son chevron et va le présenter :

— C'est juste ce qu'il faut.

Il plante le premier clou puis, comme s'il venait de se taper sur le doigt, il se redresse d'un coup et se met à vociférer :

— Vous avez tous foutu le camp, bande de salauds ! C'est moi qui me crève pour sauver vos granges. C'est moi qui me crève pour faire de la terre. Et un jour que vous aurez même plus un croûton dans vos maudites villes, vous allez revenir. Je vous vois comme si vous étiez déjà sur le quai de la gare de Saint-Georges avec votre baluchon. Vous reviendrez reprendre vos lots. Et Labrèche, même pas merci !

La toux lui coupe la parole. Il s'appuie d'une main à un pilier pour cracher plus à l'aise.

— Vous finirez par me faire crever... Vous méritez pas que je m'esquinte pour vous.

Il reprend pourtant son marteau et va s'agenouiller pour continuer de planter ses clous.

Par les interstices, la pluie rageuse vient lui cingler le visage et les mains. Chaque bourrasque lui arrache un rire grinçant :

— Tu peux y aller. C'est moi le plus fort. Tu peux toujours venter, j'en ai vu d'autres. Puis un jour, ces granges-là, je te dis qu'elles seront de nouveau pleines à craquer.

Il va de la gueule et du geste. Mais le bruit qu'il fait est dérisoire. Il n'est rien dans ce remuement, dans le vacarme de cette machine infernale mise en marche pour tout broyer. Tout écraser sur son passage.

— Ça va tout arracher. Ça va faire comme les grandes tornades.

Cyrille lève le poing en direction du ciel. Son corps et ses membres tremblent. Il se sent à la fois plein d'une force plus grande que celle du vent et infiniment faible, vaincu d'avance. Poussière dans cette immensité.

39

RÉVEILLÉ en sursaut bien avant jour, Cyrille cherche fébrilement sa lanterne, son fusil, sa cartouchière.

— Ces salauds sont venus. Y m'ont tout volé.

Il entre dans une furie qui s'accorde à celle du ciel. Il est tout habillé sur son lit. Encore trempé. La journée d'hier lui revient, un peu embrumée.

— Crédié, j'ai tout laissé dehors.

Il sort. La lune est justement dévoilée et il voit tout de suite ses affaires dans la boue. Le vent a emporté la couverture contre un piquet de clôture. Il boucle sa cartouchière trempée, allume sa lanterne. Il la tient de la main gauche et son fusil ruisselant de la droite. Il va d'une grange à l'autre. Très vite, le grand Koliare le rejoint. Ils passent une inspection serrée de toutes les bâtisses. Voir si ça résiste au vent, voir également si ces salauds du ministère n'ont pas foutu le feu quelque part.

— Tu trouves pas que ça sent la benzine ?

— C'est le tracteur à Ferdinand Rossel.

— Je m'habituerai jamais à cette odeur.

Toutes les maisons sont habitées. Tout le monde est de retour sauf Pierre Lafutaie.

— C'est un cul-béni, un faux jeton. On peut se passer de lui.

— Y aura des jeunes pour reprendre son lot.

— Mes garçons le prendront.

— C'est des gaillards, ceux-là !

— Puis mon gendre, le mécanicien, tu imagines pas comme il s'est mis à mener la jument.

Devant les granges couchées, Cyrille s'arrête. Il n'est plus triste. Avec tout ce monde, ce sera vite remonté.

— On commence par celle à Martin ?

— Faudra faire le tri du bois qui peut être récupéré.

Devant l'église, Cyrille s'arrête un moment. Koliare n'est plus avec lui. Celui-là, il va comme le vent. On sait jamais où il est. Mais le prêtre se tient justement sur le pas de sa porte. C'est un tout jeune. Un fils de bûcheron qui ne craint pas d'empoigner un outil ou de traire une vache. Il ressemble à la fois au père Levé, le curé de Saint-Georges, et à l'abbé Chavigny. Et pourtant, ces deux hommes n'avaient rien de commun. Cyrille lui demande :

— Alors, ça va sonner, oui ?

— Craignez rien, quand l'heure sera venue, ça sonnera.

Cyrille erre ainsi jusqu'à la pique du jour. Avec l'aube, le ciel s'épaissit. Le vent s'accorde un demi-répit, mais on sent bien que c'est pour reprendre des forces et repartir de plus belle.

— On va déblayer la grange à Martin, et avec les bois qui peuvent pas servir pour en remonter une autre, on va faire des barrières pour empêcher les bêtes d'aller trop près de la forêt.

— C'est une fameuse idée.

Cyrille va chercher Bergère. Au passage, il entrebâille la porte de sa maison, juste le temps de lancer à sa femme :

— Tu prépareras une grosse platée, les autres vont m'aider à monter des clôtures. On mangera tous ici.

Il attelle Bergère et lance les chaînes dans le char. Il mène le char à côté de la grange démolie.

— Faut se mettre à contrevent. C'est pas le moment de prendre des planches dans la gueule.

Il descend du char sa caisse à outils et un énorme pied-de-biche. Tout est en joie, dans cette aube sinistre qui se traîne à grand renfort de rafales serrées. De temps en temps, un grain passe, nerveux comme de la grêle. Cyrille éclate chaque fois de rire.

— Petite pluie abat grand vent.

— Tu peux toujours y compter.

Il a mis à Bergère son gros collier de débardage. Avec le vent, même quand la jument ne fait pas un mouvement, les grelots tintent. Cyrille se tourne face à ce nordet enragé et pousse d'épouvantables coups de gueule :

— T'as le diable au cul ! Je m'en balance. On est tous là. Même si tu nous couches toutes nos bâtisses, on les remontera. On t'emmerde !

Il fait reculer Bergère contre la montagne de bois brisé. Il fixe les chaînes.

— Allez, toi, le serre-freins, tu dois tout de même savoir crocher une chaîne.

Il enjambe des planches, monte sur ce qui fut le pignon et cherche une poutre. Il passe sa chaîne autour et accroche.

— Voilà, c'est pas plus malin que ça.

Il revient et prend la bride.

— Hue ! Hue donc, ma grande !

Bergère gonfle la croupe et les épaules. Tirant à plein collier elle fait venir une lourde pièce de charpente et tout un enchevêtrement de planches et de chevrons qui y sont cloués.

— Ho !

Bergère s'arrête. Cyrille décroche la chaîne.

— Reste là.

Elle s'en va brouter à quelques pas. Cyrille empoigne son pied-de-biche et se met à cogner et à tirer des clous rouillés qu'il enfouit dans sa poche.

— En hiver, t'as du temps pour redresser tout ça.

— T'as raison, faut pas gaspiller.

— C'est bon pour les jeunes, le gaspillage.

L'ouvrage va grand train. Dès que les bois sont propres et coupés de longueur, ils sont placés sur le char.

Le chargement terminé, Cyrille attelle de nouveau et mène son bois au fond de sa pâture, à bonne distance des premiers arbres.

— De toute manière, la barrière du fond était à refaire.

— C'est vrai qu'elle tenait plus guère.

A midi, un tiers de la clôture est monté. Et c'est du solide. Ce n'est pas ce vent qui la foutra par terre. Il a beau continuer d'enrager, de mener la grande vie du ras du sol jusqu'aux nuées, il ne viendra jamais à bout d'une besogne pareille. Cyrille a travaillé très vite et, pourtant, à chaque instant il lève la tête et scrute le ciel. Il y passe de grands vols d'oies, et, plus bas, des brassées de feuilles dont certaines sont encore vertes.

À midi, pendant le repas, Élodie lui montre son flacon de médicaments.

— Tu devrais en prendre.

— Pour m'abrutir ?

Il se lève, saisit le flacon, va ouvrir la porte et le lance en direction du chemin. Tout le monde rigole sauf Élodie :

— Si tu vas pas revoir le docteur, il enverra des infirmiers.

Là, c'est un vaste éclat de rire général.

— On est au moins dix avec des fusils pour les recevoir.

— Y peuvent venir. On les attend.

— Puis toi, le serre-freins, tes copains du chemin de fer, vaut mieux qu'ils restent dans leur gare à faire passer les trains.

L'allégresse s'est emparée de Val Cadieu. On la voit et on l'entend qui court d'une maison à l'autre aussi vite que le vent. Elle tient Cyrille sous pression toute la journée.

— Si la pluie revient pas, demain on peut finir les patates.

A l'approche de la nuit, la barrière est en place. Il restera juste à lui ajouter quelques contrefiches. Ainsi, les bêtes ne peuvent plus approcher les arbres. Cyrille regarde les troncs et les branches lutter contre la tornade. Il rit.

— Rebiffez-vous bien, vous autres. On vous fera votre affaire cet hiver.

— Et on en profitera pour agrandir encore nos lots.

— Et sans rien demander à personne, encore !

— Ferait beau voir qu'on vienne nous empêcher de faire de la terre.

— Y en a bien qui voudraient nous prendre celle qui est déjà essartée.

— Oui, qu'ils essaient d'y venir. Les fusils sont pas rouillés.

— On a beau être nombreux, faut jamais qu'on sorte sans nos fusils.

— C'est vrai, d'habitude, moi, je le prends toujours.

La colère monte. Cyrille s'enflamme soudain comme un fagot de résineux.

— Je vais chercher mon fusil. Puis on verra bien.

Et il part à toutes jambes en direction de sa maison.

40

CYRILLE s'est dépêché de boucler sa cartouchière. Il a ramassé son fusil et sa lanterne en lançant à Élodie :

— Paraît que les brûleurs de granges sont en route. On y va tous. M'attends pas pour manger.

Comme elle essayait de le retenir, il l'a bousculée un peu.

— Si t'es revenue pour m'empêcher de défendre mon bien, fallait rester où t'étais.

Il est sorti en lui claquant la porte au nez.

— Maudites femelles ! Toutes les mêmes.

Il court sur le chemin, fouaillé par le vent. Bêtement, il a oublié de remettre sa tuque de laine qu'il avait posée sur la table. Il sent des picotements glacés sur son crâne. De la neige court plus vite que lui.

— Trois fois rien.

En passant devant chez Garneau, il appelle :

— Martin ! Prends ton fusil. Et ton garçon aussi. Voilà les voleurs de terre !

Il n'attend pas. La nuit est presque là.

— Mille bordels ! Qu'est-ce qu'il attend pour sonner, ce foutu curé ? Ça ferait venir tout le monde.

En passant devant chez Koliare, il appelle, devant chez Florent aussi. Puis Billon et Rossel. Mais il n'attend personne. Il marche. Il ne court plus pour ne pas se mettre à tousser. Il allonge simplement le pas.

— Les plus jeunes vont bien me rattraper.

La neige est très hésitante.

— Trop de vent. Ça peut pas tomber vraiment.

Il ne pense même plus à ses pommes de terre. Il n'a en tête que deux choses : ce foutu curé qui avait promis de sonner, et ces voleurs de terre qui voudraient profiter de la tourmente pour venir tout brûler sur le rang.

Il marche. Son souffle est parfait. Il se sent porté par le nordet autant que par cette exaltation qui le pousse vers l'ennemi.

— Je vais me poster au coin de l'église. Près du tas de bois du curé... Mais qu'est-ce qu'il attend pour sonner ? C'est pas le petit Chavigny qui aurait attendu comme ça !

De temps en temps, il se retourne. La neige très dure lui herse le visage et l'oblige à fermer les yeux. Il repart.

— Toi, le joueur de hockey, tu m'as eu en traître. Puis vous étiez trois. Je t'aurai tout seul. Attends que je me rende à Saint-Georges.

À plusieurs reprises il trébuche. L'obscurité est à présent totale et la lueur hésitante de son lumignon ne porte pas à trois pas. Ce qui enveloppe Cyrille et le dépasse est comme une fumée épaisse. Des gens appellent Cyrille. Ils ont un peu toutes les voix. Aussi bien celle de Charlotte que celle de Martin. On dirait même que Hauris est avec eux. Il doit y avoir aussi la mère Labrèche.

— Ho, Cyrille, viens te mettre au chaud un moment.

— Pas le temps, je vais sonner l'angélus. Je m'arrêterai en rentrant.

Il fait dix pas.

— Y a les autres salauds. Besoin de personne pour m'en occuper.

La joie qu'il sent flamboyer en lui paraît allumée pour tout l'hiver.

— On va être rudement bien.

— Oui, mais faut que ce petit curé apprenne à sonner.

— Y sait peut-être pas où est la cloche.

Les neiges et le gel qui s'en viennent si tôt dans la saison vont isoler Val Cadieu. Les habitants vont pouvoir y vivre entre eux, bien au calme et au chaud avec leurs grosses réserves de bois, leurs greniers bien pleins de fourrage sur les étables tièdes. Ils seront là comme dans un cocon de blancheur douillette.

— Le nordet, on s'en moque. Ceux qui voudront venir ici l'auront en pleine gueule.

Déjà le chemin blanchit. Les premières congères s'amorcent.

— J'ai pas rentré Bergère. Faut que je me dépêche. Dès que j'aurai sonné j'irai la rentrer.

Arrivé devant l'église, il se trouve nez à nez avec le jeune curé qui ressemble à tout le monde et à personne. Cyrille lance tout de suite :

— Alors ? Et l'angélus ?

L'autre a l'air de tomber de son clocher.

— Ben oui, quoi, on sonne plus ? De quoi ça a l'air, une cloche qui sonne jamais ?

— Y a pas de bedeau...

— Pas de bedeau ? Y en a jamais eu, ici. On a monté l'église nous-mêmes. Et la cloche aussi. C'est Cadieu qui tirait la corde de la poulie. On a toujours sonné. Puis les curés aussi, ils ont sonné. Et tu voudrais qu'on te fournisse un bedeau ? Puis quoi encore ? Tu voudrais pas une femme de chambre, des fois ! M'en vais te montrer, moi, si t'as besoin de monde pour sonner.

Le vent qui s'engouffre entre le curé et l'église est tel que Cyrille doit lutter ferme pour ne pas être renversé. Il ouvre la porte et entre, le curé sur ses talons. La tempête a entamé la couverture. Des bardeaux sont partis, d'autres claquent, prêts à s'envoler. Quelques flocons minuscules descendent en tournoyant dans la lueur de la lanterne.

— Regarde-moi de quoi ça a l'air.

Des bancs sont brisés, un entrait déboîté de la sablière pend. Toute la charpente se lamente.

— Ça remue bigrement.

— Déjà qu'il penchait pas mal.

— On va pas tarder à te le réparer, ton clocher.

Cyrille se signe puis se dirige vers ce qui subsiste du petit autel en bois blanc. Il sort une bougie de sa poche, l'allume à celle de sa lanterne et la fiche dans un petit chandelier en fer tout rouillé.

— Tout de même, un curé qui a même pas le courage de nettoyer ça et d'allumer une bougie.

Il se retourne. Plus de curé. Le faisceau de la lampe le cherche en vain et le rire de Cyrille emplit l'église.

Ah! foireux! T'as peur que je te fasse grimper à coups de pied au cul pour décrocher la corde. T'as pas besoin de t'en faire, y a ce qu'il faut. On a toujours fait comme ça pour pas que les enfants viennent sonner.

Une ombre remue vaguement à gauche de la porte.

— Va te faire voir!

Cyrille empoigne une longue perche terminée par une fourche. Il pose sa lanterne un peu penchée de façon à éclairer la corde dont l'extrémité a été passée sur une enrayure de la charpente.

— Maudit, je suis saoul ou bien c'est le clocher qui remue?

Il lui semble que le vent fait vraiment osciller tout le haut de la construction dont il devine le départ par le trou noir d'où pend la corde qui tombe dans un nuage de poussière. Cyrille se recule en éternuant. Il revient et remet sa lanterne d'aplomb.

— Vous l'aurez avec du retard, votre angélus, mais vous l'aurez tout de même.

Il crache dans ses mains et, empoignant la corde le plus haut possible, il tire de toute sa force. La lourde cloche monte, il laisse filer la corde entre ses mains et, au retour, le battant cogne et le vent emporte ce premier coup. Beaucoup de poussière tombe encore. Cyrille ne s'en soucie pas. La cloche repart et il tire de plus belle. Le deuxième dong est plus clair que le premier, mais, quand la cloche revient, le troisième heurt est accompagné d'un énorme craquement. Cyrille lève la tête et un paquet de poussière l'aveugle. Il l'empêche de voir le croisillon de poutres dégringoler avec la cloche et une partie du clocher. Il pousse une espèce de han ! venu du fond de son ventre. Il ne peut même pas ébaucher un pas. Un chevron lui fouette le dos et le couche par terre. La plus lourde poutre à laquelle s'ajoute le poids de la cloche et de la demi-roue vient lui briser la nuque. Sa lanterne et la bougie de l'autel s'éteignent en même temps que lui. Le son du métal vibre un moment dans le noir. Quelques bardeaux dégringolent encore. Le vent en emporte d'autres vers la forêt.

Déjà la neige ne tombe plus. Ce n'est pas encore vraiment l'hiver. Le ciel se déchire. Un moment de lumière passe sur Val Cadieu. Un peu de poussière s'envole de l'église effondrée.

Là-bas, devant le pignon sud de la grange, Bergère s'est mise à l'abri du nordet, avec les trois génisses et le jeune taureau. Bergère écoute hurler la nuit. Elle regarde en direction du chemin par où s'en est allé son maître.

Saint-Télesphore, été 1978
Doon House, juin 1986-janvier 1987

TABLE

OUVRAGES
DE
BERNARD CLAVEL

Romans

Édit. Robert Laffont : L'Ouvrier de la nuit. — Pirates du Rhône. — Qui m'emporte. — L'Espagnol. — Malataverne. — Le Voyage du père. — L'Hercule sur la place. — Le Tambour du bief. — Le Seigneur du fleuve. — Le Silence des armes. — La Grande Patience (1. La Maison des autres ; 2. Celui qui voulait voir la mer ; 3. Le Cœur des vivants ; 4. Les Fruits de l'hiver). — Les Colonnes du ciel (1. La Saison des loups ; 2. La Lumière du lac ; 3. La Femme de guerre ; 4. Marie Bon Pain ; 5. Compagnons du Nouveau-Monde).
Édit. J'ai Lu : Tiennot.
Édit. Albin Michel : Le Royaume du Nord (1. Harricana ; 2. L'Or de la terre ; 3. Miséréré ; 4. Amarok ; 5. L'Angélus du soir).

Nouvelles

Édit. Robert Laffont : L'Espion aux yeux verts.
Édit. André Balland : L'Iroquoise. — La Bourrelle. — L'Homme du Labrador.

Essais

Édit. du Sud-Est : Paul Gauguin.
Édit. Norman C.L.D. : Célébration du bois.
Édit. Bordas : Léonard de Vinci.
Édit. Robert Laffont : Le Massacre des innocents. — Lettre à un képi blanc.
Édit. Stock : Écrit sur la neige.
Édit. du Chêne : Fleur de sel (photos Paul Morin).

Édit. universitaires Delarge : Terres de mémoire (avec un portrait par G. Renoy, photos J.-M. Curien).
Édit. Berger-Levrault : Arbres (photos J.-M. Curien).
Édit. Actes Sud : Je te cherche, vieux Rhône.
Édit. J'ai Lu : Bernard Clavel, qui êtes-vous ? (en coll. avec Adeline Rivard).

Divers

Édit. Robert Laffont : Victoire au Mans.
Édit. H.-R. Dufour : Bonlieu (dessins J. F. Reymond).
Édit. Duculot : L'Ami Pierre (photos J.-Ph. Jourdrin).

Pour enfants

Édit. la Farandole : L'Arbre qui chante.
Édit. Casterman : La Maison du canard bleu. — Le Chien des Laurentides.
Édit. Hachette : Légendes des lacs et rivières. — Légendes de la mer. — Légendes des montagnes et forêts.
Édit. Robert Laffont : Le Voyage de la boule de neige.
Édit. Delarge : Félicien le fantôme (en coll. avec Josette Pratte).
Édit. École des Loisirs : Poèmes et comptines.
Édit. Clancier-Guénaud : Le Hibou qui avait avalé la lune.
Édit. Rouge et Or : Odile et le vent du large.
Édit. de l'École : Rouge Pomme.
Édit. Flammarion : Le Mouton noir et le loup blanc. — L'oie qui avait perdu le Nord. — Au cochon qui danse.
Édit. Albin Michel : Le Roi des poissons.

La composition de ce livre
a été effectuée par Bussière à Saint-Amand,
l'impression et le brochage ont été effectués
dans les ateliers de la S.E.P.C. à Saint-Amand-Montrond (Cher)
pour les Éditions Albin Michel

AM

Achevé d'imprimer en janvier 1988.
N° d'édition 10103. N° d'impression 2905-2196.
Dépôt légal : janvier 1988.

Imprimé en France